鈴木健二
Suzuki Kenji

何のため、人は生きるか

人生の礎（いしずえ）を求めて90年

さくら舎

目次◉何のため、人は生きるか――人生の礎を求めて90年

第2章　何のための戦争なのか

第3章　「三つ子の魂百まで」は真理です

第4章　なぜ、歴史は繰り返すのか

第5章　師と仰ぐ3人の先生

第6章　10代の感動が人生を輝かす

第7章　拾う神は自分の外側に、捨てる神は内側にいる

第10章　「意志」と呼ぶ強く清澄な心

第11章　大きな感動を与えてくれた人々

第12章　平和の合言葉「武器よ、さらば」

第13章　「象徴」とは、国民が創造する心の最善の形でしょうか

第14章　行く道を指さして教えてくれる人がいる

第15章　わが心友達よありがとう

何のため、人は生きるか

——人生の礎(いしずえ)を求めて90年

序章　90年の生涯に思いをはせる

「昨日」を　恋する自分がいます。
「今日」を　愛する自分もいます。
「明日」を　期する自分は……どこか……その辺に……いませんか……。

90歳の早朝スキップ

実はなんとも説明しようがない体験をしたのです。お話ししても、聞いて下さった人が、何のことなのか、さっぱりわからないとおっしゃるに違いないのです。

89歳の大晦日に除夜の鐘の音を聞いていた私と、それからひと眠りして、数時間後の初日の出の頃に目覚めた90歳の私では、私自身がびっくりするほど、すっかり変っていたのです。前者は重苦しく生きていたのに、後者は気分も晴れやかで、いとも軽快に生きている私だったのです。

しかも、それが夢の中でもそうであったし、実際に起き上った時の感覚も、大晦日と新年では全く違った自分がいました。事実これは1年前の平成30年の大晦日から31年の元旦にかけての真夜中の数時間のうちに起った現象です。

年齢が1歳増えて、日本人の男女の平均寿命を遥かに超えて90代に入ったのですから、正月は目出度し目出度しで、年に似合わず晴れやかになるのは当然とお思いになるでしょうが、その軽やかさが私の場合、奇妙に度を越していたのです。

目覚める直前に見たらしい夢の中でもそうでしたが、少し明るくなったところで起き上った時にも、私はまるで幼稚園の子がスキップをして跳び廻っているかのように、年甲斐もなく、座敷の中で跳びはねていたのです。誰も見ていなかったからいいようなものの、もし見ていたら、啞然として、すぐに１１９番に電話して、救急車を呼んだことでしょう。なにしろ90歳の爺さんが、楽しそうにひとりで踊っていたのですから。

しかしそれは夢の中と現実を併せて、せいぜい1分間足らずのような気がします。むしろ問題は、なぜそうなったかにあります。

自分のおかしさに気づいて、跳びはねるのをやめた私は、反射的に思い出しました。

30歳、40歳の疲れと勇気

60年前、30歳になった日に、体に突然ひどい疲れを感じたのでした。今でもプロのスポーツ選手が、30歳になった途端に、体がひどく疲れるようになったとよく話をしていますが、私もそうでした。もっともその前後は敗戦後の暗黒時代を少し抜けて、アメリカに追いつき追い越せ、お金と物が幸福を生むんだという猛烈社員時代で、私がＮＨＫに就職した丁度1年後に始まったテレビ放送が、想定を遥かに越えた普及拡張時代で、徹夜仕事が当り前という風潮のその最先端に私はなぜか心ならずも立たされ始め、週刊誌にデカデカと書かれました。偶然読んだ私自身が苦笑したことでした。

「現代サラリーマンの鑑（かがみ）、ＮＨＫのアナウンサー鈴木健二さん。時間外労働は、すべてサービスで無報酬」

というデカイ見出しでした。取材を受けた覚えはなく、聞き廻りだけで調べた記事のようでした。労働時間が政治問題の大議論になった平成の終り頃だったら大変なことになったでしょうが、昭和の30年代40年代では、当り前の労働でした。しかし30歳になった時、私も20代では感じなかった疲労を自覚しました。

逆に40歳になった元日には、今まで生きて来た年月だけ、もう一度生きられるのだという勇気みたいなものが、体の奥底から湧き出るのを感じました。

強度の糖尿病、腎臓摘出

まさに壮年ですが、私自身は20代30代の労働がもたらす不規則が原因で強度の糖尿病が進行し、頻尿、乏尿から始まって、40代では死ぬほど強烈な痛風に数回襲われ、北海道出張中に尿路結石で、真夜中の根釧（こんせん）原野でひとり七転八倒の痛みと苦しみに襲われ、通りかかって気づいてくれたタクシーの運転手さんに救われました。しかし50歳のある秋のはじめの日、目もくらむようなドス黒い大量の血尿が男性便器に溢（あふ）れるほど放出され、それをスタッフに隠して長時間の特別番組を1週間つくり続けましたが、遂に刀折れ矢尽きて、某大病院に入院し、左の腎臓を摘出するまさに死と紙一重の手術を受けました。以来今日までの40年間、なぜか私は右の腎臓一つで生きているのです。不思議な強さを持つ体に生んでくれた母に感謝する毎日です。

60代、友人もいず

しかし、50歳になった時には、40歳とは逆に、もうこれまで生きて来た分の時間は生きてはいかれないのだという悲観が全身を包んでいました。腎臓の摘出はその証明のようでした。

60歳の1月23日。定年で放送局の仕事を終りました。ただ働いて、なにがしかの給料を戴いて、妻子を養うだけの当り前の暮らしを36年続けただけでした。定年の日も、朝10時から夕方5時まで働きました。その時私はＮＨＫアナウンサーの中で最古参になっていましたが、皆仕事で忙しく、私は誰一人見送って下さる人も、またよく見かける花束贈呈も無く、長い間お世話になった放送センターの玄関を出たところで、建物に向って深く一礼して、いつものように渋谷行きのバスに乗って家に帰りました。

振り返ってみると、忙しさにまぎれて、心を通わせて話しあう友人は一人も出来ず、仕事の帰りにチョット一杯という日本のサラリーマンに共通だった楽しみを、36年間一度も味わったこともなく、バーとかキャバレーへ行くと、美しい（と聞いていた）女性が話し相手になって下さるというのは、聞いてはいましたが、とうとう一度もそれらしき店のドアをくぐったことがありませんでした。

ただ日本のテレビ放送の始まりから昭和が終る直前までの35年間、毎日のように茶の間のテレビに姿を現していたせいで、外を歩くと、すれ違うすべての人が、おじぎをし、声をかけて来ましたし、1年365日毎日午前11時から正午までは、全国から寄せられる手紙や葉書への返事書き、色紙や揮毫（きごう）の依頼などに、完全に1時間を使わせられるのが、私にとっては、苦痛を伴う重労働で、定年でテレビから消えればそれらから解放されるであろう喜びが、たった一つの収穫でした。

また、毎日少い時でも1社、多い日は5社もやって来る取材の応対からも自由になれるだろうという推測が、気分を軽くしてくれました。

放送界と東京を脱出

しかし、広がった虚像から脱出し、私自身の実像で生きたいと考えた人生設計を、たとえ一部分でも実現させるためには、放送界と東京を離れる以外に道は無いと決心し、ふとしたことから縁が出来て熊本県立劇場の運営を引き受け、たぶんあとでその仕事の一端を書かざるを得ないのではないかという予感がしますが、とにかく熊本で10年を過し、さらに思いもかけぬ偶然に出合って、70歳から75歳までを、これまた後述するに違いない戦中戦後に10代の青春を送った北国はみちのく津軽青森の県立図書館の活動に、75歳まで携わって、私の職業人生は終りました。

その頃（平成15年あたり）の日本の男性の平均寿命は、日本で一番短かった青森県では76歳ぐらいでしたから、体の年齢と心の働きは、釣り合いがとれていたのではないかと今も思っています。

3度の死神体験

しかし、その直後から、敗血症に始まり、次いで右頸部巨大動脈瘤のステント挿入手術では、途中で3度も死神に出会い（『死神の恐笑』（大和出版刊））、80代に入ると、腰椎狭窄症、蜂窩織炎などの難病に次々に襲われて生死の境をさ迷い、地獄の3丁目あたりからこの世へ辛うじて引き返せたと思ったら、前立腺の左下隅に白い影がレントゲンでうつり、リンパ節や他の器官への転移は認められませんが、ガンではないかと思われますというレントゲン技師のコメントがついたフィルムを見せられました。

PSA45の運命やいかに

80代のほとんどは、この白い影がひろがるのを心配し、いつ死ぬのか絶対感じたく無いという、他人には言えないひそやかな内なる心の戦いの10年間でした。

当時はガンの中でただ一つ、PSAという測定値が3カ月おきの血液から測定されたのですが、基準値は4なのに、手術可能と言われる20ないし30を超えると、加齢による肉体の老化も加わって、あらゆる手段の治療方法が不可能になると言われていました。それが90歳を目前にして、なんと45にまで達してしまいました。

今日か明日かの命。それどころか1分後の、いや、1秒あとの命がどうなるかが、常に脳のすべてを占領する思考状態となりました。89歳の大晦日の除夜の鐘の時の私の心のありようは、取りも直さず「さよなら」も言えずに生きている自分と、90年間お世話になったこの地球への無言の別れを表現していたのでした。見納めになるこの世のすべての暗黒が、私の全身を覆い、地球を含むすべての宇宙の星のどれにも全く存在していないような究極の暗さが、私の可視世界をどっしりと覆っていたのでした。諸行は無常でした。

では、なぜ数時間後の年を越した初日の出頃の私は、ひとりで陽気に跳びはねていたのでしょうか。この世のすべてをご存じの神様がいらっしゃれば、その理由だけではないよとおっしゃるかもしれませんが、私のあの陽気さは、もはやこれまでと、前立腺ガンの手術を受けて、せめてどんな性質のガンでどこの部位に発生していたのかを知るために、その前段階で行われる「生検（せいけん）」と称される小手術を行ったことに関係していると言えます。

おそらく手術の結果、主治医は「あと数カ月、よくて1年の命」と宣告せざるを得ず、また私もその言葉を予想通りと聞くであろうと、言葉こそ交しませんでしたが、文字通り暗黙のうちに2人は了解しあって、手術室に入ったのでした。

2日後、結果を聞きに、これが最後と覚悟して、私は診療室のドアを開けました。

主治医は宣告しました。

「細い針を12本、患部へ突き刺しましたが、ガン細胞は一つもありませんでした。つまりガンではなかったということです」と。

瞬間、私の脳裏にはなぜか、生きられる喜びではなくて、90年間生きて来たわが生涯の中のあの日この日のすべてが、型通りの古めかしい言葉を使えば、走馬灯（そうまとう）の如（ごと）くに走ったのでした。この瞬間が元旦に蘇（よみがえ）ったのでしょうか。なぜか、その理由はいまでも全くわかりませんが、とにかくにも、私はいまこうして生きて、４００字詰め原稿用紙の上に、ボールペンの我流の続け字で、このあと10年間は生きていないことが確実なのに、逆にもしこれが本になれば、これが人生最後の幸せとなるだろうと思いながら書き進めていきます。

いま、平成が終る僅(わず)かひと月前の3月31日と明日新しい元号が決まる4月1日の間の、夜11時の時報がどこからか聞えて来ました。

第１章　歴史の転換点を生きるということ

平成から令和へ

桜満開の４月１日の午前11時41分に、政府から新しい元号が告知されました。私のような昭和生れの人間でも、大正15年は何日まであったのか、昭和元年は何日からだったのかを即答出来る人は、そうたくさんはいないと思います。明治から大正への移り変りも同様です。それ以前の元号は２００を遥かに超える数だけあるのですが、全部を正確に言える素晴らしい日本人は何人いるでしょうか。

病院や銀行などで経験しますが、書類に年月日を書くところがあると、和暦か西暦かを指示してあるのもありますが、ただ年月日だけだと、どちらで書くのか迷う時もあります。

平成32年は東京オリンピックの年になるはずでしたが、「平成三十二年五輪」と書いてあるポスターを見たことがありません。すべて２０２０東京オリンピックです。世界的な催し物だから西暦をと言えばそれまでですが、せっかく「おもてなし」で開催が決定したのですから、日本風の元号の五輪ポスターがあってもよさそうなものです。外国の方も面白がって覚えるかもしれません。きっと買って帰ります。

それよりも、天皇の退位というのは、日本の殊に近現代史では、極めて稀(まれ)なことです。私はＮＨＫに36年勤めましたが、そのうちの14年は、日本の歴史に深く関係する番組「歴史への招待」の制作にかかわって来ました。

脳味噌一つで放送に臨む

幸い私は旧制の国立大学では西洋美術史を専攻する学科に籍を置き、個人的研究として、1年生では西洋演劇史、２年では映画史、３年ではバレエ史を中心に、本や資料を読みあさっていましたので、歴史を学ぶコツみたいな感覚は多少持ちあわせていました。

そして私は、ＮＨＫに入局した1年後に始まったテレビ放送では、時間の長短や番組の種類には関係無く、またスタジオとか外での中継とかにかかわらず、本番の時には、台本や資料やメモを手にして放送したことは、定年までの36年間、ニュースを除いては、一度もありませんでした。職人としては当り前の作法だと考えていたのです。

スタッフや視聴者には、この手ぶらの姿で、元号や億から小数点以下の数字や人名、場所など、歴史につきまとう言わば単語を、続けざまに幾つも言いながら話を続けるのが、異様な風景、おかしな人物と眼に映ったらしいのです。どこかにカンニングするアンチョコが置いてあるか、あるいは大道具や小道具にカンペが貼りつけてあるに違いないと、マスコミや大学の心理研究室などが、よく調べに来ましたが、あるはずはありません。あるのは私の脳味噌の中です。

ある週刊誌が、「鈴木健二の脳を永久に保存せよ」というからかい半分の記事を書いたらしく、遺体を解剖研究のために献体することを勧める団体が、その記事を見て、是非ご協力を、ついてはご感想の原稿を下さいませんかと申し込んで来たことがありました。その週刊誌の記事には、私を博覧強記の国民的アナウンサーと書いてあったらしく、私自身はその記事を見ていないのに、あれから少くとも40年以上たつのに、未だに私の紹介文に使われているのを見ることが、たまにあります。その時も、

「冗談じゃないですよ。この世に脳味噌を置いて行ったら、あの世へ行ってから何も考え

ることができなくなるじゃないですか。暇で暇でしょうがないですよ」

と言って、寄稿を謝絶しました。しかし、90代になって、脳味噌を衰退したままであの世へ持って行く確実な状態に、いま入ってしまいました。

元号をどれだけ覚えられるか

それはともかく、分別盛りの40代半ばから60歳の定年まで、「歴史への招待」など歴史の番組に関係していたので、ほとんど一日中歴史の資料に目を通して、必要な事柄(ことがら)は暗記していました。その中で一番面倒だったのは、元号を覚えることでした。どの歴史上の事柄を話すにも、日本史の場合は必ず昭和20年、１９４５年、３月10日と、数字を並べなくてはならないのです。

私も含めて、いまを生きている中学生以上の日本人が、正確に元号が言えるのは、平成、昭和、大正、明治までで、その先は２００以上もあるはずなのに、ほとんど言えません。

「よく元号まできちんと話されますね。私はあれが駄目なんですよ」

と、数多くの日本史の学者や研究者や時代小説家に、皮肉まじりに私はどのくらい言われたことでしょうか。

大昔に現在の中国を真似て、「大化」から始まった元号は、私が小学生の頃には、「大化の改新」と教わりましたが、最近は実際の政治上の改新は、私達が教わった時よりもずっとあとであったようです。

そのあと今日まで、日本人の記憶にあるのは、蒙古襲来・神風の「弘安」、関ヶ原の合戦の「慶長」、大飢饉の「天保」、大火事の「明暦」、外国船来航の「嘉永」などで、最も知られているのは、映画・演劇・テレビドラマでおなじみの忠臣蔵・赤穂浪士討ち入りの「元禄」で、あとは明治・大正・昭和です。

元号が生れてからまだ千数百年でこの現状ですから、このあと千年、二千年、三千年と歴史を重ねて行き、それにつれて元号が増えて行ったら、遠い将来とは言わず、近い将来の子孫は、あまりにも多い元号に、日本の歴史を学ぶことをあきらめることでしょう。西暦はそうなっても数字だけで続きます。

退位をご自身で述べられたという稀に見る近代日本史上の出来事を機に、学者や研究者から、この際元号の廃止をという声が上がるだろうと想像していましたが、全くありませんでした。

むしろ平成・昭和の回顧記事に、敗戦直後の（昭和）天皇の全国巡幸を、新聞社提供の日の丸の小旗を振ってお迎えする日本人の姿を見て、連合国軍総司令部（GHQ）が「日本人は敗戦にもかかわらず、まだ天皇を『神』と信じている」とつぶやいていたという言葉が、いま改元の時にも強く印象づけられました。

21世紀に残したい言葉

天皇はご退位のお言葉の中で、「象徴とは何か、いかにあるべきかの追求を常に思い、これからの天皇も、やはり『象徴』となるにはどうすればよいかを考え続けると思います」という意味のことをおっしゃっています。

私はあらためて思い出しました。20世紀が終る直前、某出版大手の会社から、「21世紀に残したい言葉は何か」というアンケートが来ました。私は即座に、「日本国憲法全文」と書いて返事を送りました。

数日後に電話が来て、「他の先生方はほとんど文学作品などから取り出された言葉だったのに、鈴木さんだけですよ、憲法全文なんて書かれたのは。でもこのまま掲載します」と言って切れました。

私はああ、よかった、助かったと思いました。もしも「天皇の象徴の意味は？」と質問されたら、その時私は全く答えられなかっただろうと思ったからです。

突然失礼ですが、あなたは「象徴」の意味を、子ども達（小学生）に易しく教えられますか。私は今でも自分では八分通り納得しているのですが、人に説明出来る自信はありません。むしろ天皇の退位の「お言葉」を拝聴して、ははあ、天皇ご自身も象徴とは何ぞやにお悩みになっていたのだという事実をうかがい知ることが出来、しかも、これからの天皇も「象徴とはいかにあるべきか」を思い続けられるであろうという、実にお人柄そのものの発露のようなお言葉に共感を覚えました。

また天皇ご自身も用意された文面を読み上げられるのに、万感の涙が胸のあたりまでこみ上げて来て、お顔がかすかに紅潮し、お声が微妙にふるえておりました。30年も前ですが、昭和の時代、つまり敗戦後の暗黒の社会の頃から36年間、放送で話すことを生活の糧として来た私には、テレビの画面からそのご様子がうかがえました。

特に皇后美智子様のご苦労をねぎらわれた時には、私は陛下これをどうぞと、こみ上げそうになる涙を拭きとれるハンカチを、テレビに向って差し出したくなる気持ちでした。

しかし、私とても、天皇の存在に全く疑義が無いわけではありません。

むしろ、あの残酷極まりなかった大東亜戦争を経験し、アメリカの巨大爆撃機Ｂ29による無差別焼夷弾爆撃を身をもって体験させられて、辛うじて生き残り、さらに広島・長崎への新型爆弾（のちに原子爆弾と改名）によるあまりにも無残で、心のある人間の為すべきではない非常識反道徳の行為を伝聞して、悲しさに唇を噛んだことがある記憶が、この疑義の底辺にありました。

でも、私の冗舌が例によって例の如く長くなって、この第1章になんとなくでれっとした感じが湧き出て来たので、気分を変えて、第2章に移らせて下さい。

第2章　何のための戦争なのか

法律で定められた元号

いま、机の上にある目の前の小さな置時計の針が12時近くになり、4月1日、新元号発表の時へと歴史が変ろうとしています。

しかし、思い出しました、あと1カ月の寿命となった「平成」の元号の時は、昭和が敗戦に終り、平等を第一義とする民主主義の立場からは、天皇そのもののこれまでのあり方から推して、これからの時代では元号は無用ではないかという議論が激しく持ち上り、その頃の日常的風景であったデモ行進にまで発展したことがあったように記憶しています。

その流れを政府が断ち切って、法律によって元号を平成に改めて実施したのが、福田赳（ふくだたけ）

夫内閣から大平正芳内閣の時代でした。つまり「平成」は法律によって政府が決めた元号の第1号であったわけで、今日決まるのは、早く言えば、戦後生れの第2号で、「大化」から「昭和」までの元号とは、一味違う元号になるのをいま思い出しました。

福田元総理との縁

私は福田さんにも大平さんにもほんの少し面識がありました。福田さんとは行政管理庁長官時代の頃だったと思いますが、税金のことで、テレビで対談しました。その頃私は一人で積み重ねた研究の資料が、ふとしたことで小さな出版社の目にとまり、僅かな部数でしたが本となって出版され、なにがしかの印税（原稿料）が入って来ていましたので、税金の申告をしました。

その時に、図書費や文房具費などで、幾らか控除される制度があることも知りました。本職はサラリーマンでしたから、それまでは税務署とは無縁の存在だったのです。

それから2年か3年、独断で15%ぐらい控除して申告していましたが、その頃福田さんとお会いしたのでした。まさか長官というエライ人に、僅かな金額を尋ねるのは不謹慎かなとも思いましたが、話の終りあたりで、

「私ほんの少しですが、原稿料から経費を控除して戴いているのですが、経費は何％ぐらい引いてもいいものでしょうか」

と尋ねますと、言下に答えられました。

「15％ぐらいでしょうかね」

私はああ間違いではなかったと安心して、その後の納税も15％控除で計算して税務署へ提出しに行っていましたが、ある年、税務署の人に、

「15％は多過ぎます。どうやって15％に決めたんですか」

と、いささか威丈高（いたけだか）に言われました。

「福田さんに聞いてです」

「福田って誰ですか。うちにはいません」

「いえ、ずっと前の………」

「なにっ？　え――っ、あの………」

と呆れられ、なぜかそれからは12％ぐらいに切り下げられてしまいました。

総理大臣をやめられた直後、場所は記憶していませんが、福田さんにばったり出会いまして、実は困ってるんですよと今度は福田さんから切り出されました。聞くと、あるマス

コミが群馬県で一番人気があるのは誰ですかというアンケート調査をして、県民からその答を懸賞募集する企画があったのを知らなかったんですよ、中曽根(なかそね)さんか私に決まってるじゃないですか、一番が中曽根さんでも私でも困るんですな、もうすぐ発表だそうで、今更取りやめてくれとも言えませんしね、ということでした。私に突然相談されても、どうしようもありません。

数日後、私は秘書の方に電話して、あの結果はもうわかったのかを聞きました。すると、「え、あれですか、アハハ、わかりました。投票の結果、群馬県で一番人気のあるのは、中曽根さんでもうちの福田でもなく、国定忠治(くにさだちゅうじ)でした」。2人で声を合わせて笑いました。

大平元総理との縁

大平さんとは、ある年のある日、新幹線で東京へ帰ろうとして、ガラガラの車内の席に座っていたら、どこの駅からか覚えていませんが、突然大平さんが一人で乗って来られました。大きな荷物を棚に上げようとした時に、2人の眼がぱったりと合い、なぜか初対面なのに、お互いが「やあ」と声を出して、片手を挙げました。私には時々こういうことがありました。私は席を立って大平さんに近づき、

「お一人ですか。私も一人ですが」

と言うと、大平さんはこう答えました。

「えー、大臣でも委員長でもない政治家なんて、誰も目をかけてはくれません。うー、こんなもんですよ」と。

それから数カ月後、所は変って、北海道は札幌の千歳空港。仕事が遅く終ったので、飛行機に乗り遅れまいと、搭乗口への通路を急ぎ足に行く私の前方に、男ばかりの大集団が道をすっかり占領して、一団となって歩いていました。カメラや照明の小さなライトも林立していました。私はちょっとご免なさいと言いながら、その群衆を掻き分けてやっと前に出ました。何があったのかと振り返ると、集団の先頭の真ん中に、大平さんがいました。あの新幹線の中と同じように、やあと同時に声を出して、片手を挙げました。その少し前に、大平さんは福田さんの後を継いで、総理大臣候補に挙っていたのでした。

「いつぞやお会いした時と今日とでは、大違いですね」

と、声をかけると、

「これが政治家ってもんですよ。ハッハッハ」

と、大平さんが細い眼を一層細くして笑い、取材のカメラマンが一斉にシャッターを切りました。

ああいま新元号が発表される平成31年4月1日午前11時30分になりました。でも……5分過ぎました……10分……まだです……やはりお役所仕事なのか……放送局出身としては……11分、やっと……官房長官が……出て来ました……私の選挙区から出ている人です……。

「令和」？？？　額が掲げられました。

「和」はともかく「令」は律令という使い方は別として、歴史的に元号で使われたことは……ないのではないか？

令和の「令」で思い出すもの

当然すぐピンと来たのは、日本人ならば、「命令」の令ですから、いまの私にしてもそうだし、また90代の戦中派としては、

「すべての命令は、朕（ちん）が命令と心得よ」

朕とは天皇の自称つまり私であり、さらに、「朕惟（おも）フニ……」から始まる教育勅語への連想。教育勅語と言うと私は、これまでの90年の人生の中で、あの東京大空襲の夜と並ぶ

屈辱、恐怖、反抗その他一切の人間悪が体の中に心の中に凝縮された小さくて大きな事件を思い出します。しかし、総理談話やニュースがテレビの中で進むにつれて、「令」の出典が明らかになり、現在の平成が中国の古典である書経（しょきょう）一万二千字の中の「地平天成」から選ばれたのに対し、令和は日本の『万葉集』が原点となっているなどのことが、夕方までに少しずつ明らかになりました。

すべての社会現象をお笑いにしたがる現代日本の風潮にあっては、「令（れい）」はゼロの０に通じ、「和」は輪、つまり丸の○に通じるので、令和を０○と、いたずら半分に書き始めるかもしれないと私はとっさに感じ、35万人の外国人労働者は、これは便利と使うかもしれないなといういささか不謹慎な発想も、90代の脳の片隅に浮かびました。令和３年元旦は０○３ 1/1です。たぶん私は年賀状に使うでしょう。生きていれば……。

冗談はともかく、大正・昭和の戦中戦前派の私のような90代もしくは1カ月後にご退位になられる天皇陛下も含めて、85歳前後以上の日本人には、令と言えば、反射的に上からの命令、つまり服従以外には何の行為も許されない関係を直感するのです。

この観念の中から、「生キテ虜囚（りょしゅう）ノ辱（はずかし）メヲ受ケズ」などの、少しひいき目に見れば武士道的心構えが感じられ、最悪では「天皇陛下の御為（おんため）、国のために死ぬのが日本男児の本懐」という精神が、私達が少国民と呼ばれていた子ども時代から叩き込まれ、植えつけられたのでした。忘れたい記憶です。

消えていなかった「武士道」

しかし、こうやって過去の自分とその周囲を振り返ってみると、90年の人生の中では、遠近に大きな差はあっても、あの人ともこの事柄とも、間接的に触れあいがあったことに、あらためて気がつきます。こういうのを年の功というのでしょうか。遥か向うの過去の中から、さらに向うにいる人や事柄(ことがら)を思い出して、瞬間に心の中で結びあうのです。

しかし、大相撲の貴景勝(たかけいしょう)さんが、大関昇進伝達の使者の方へのお礼の言葉の中で、「武士道精神を重んじ」と、両手を畳に突いて言われたのには、いささか驚きました。聞けばまだ22歳だったそうで、私からすれば、一番下の孫のような存在です。武士道などという言葉は、およそ4分の3世紀前に、戦争による300万人以上の犠牲者と、今なおシベリアの凍土(とうど)の下、沖縄、南方の密林や海底で、お母さんがいる生れ故郷に還る日を待ちわびて眠っているおよそ100万人の方達と共に消えたのだと、つまり敗戦のあの日に、日本人の脳裏からは消え去った言葉だと思っていました。それが生きていたのです。

梅の花の国

その一方、心に響いたのは、「令和」が春に咲く梅の花と深い関係がある言葉であることでした。桜に代って梅の花の、国の花への復活です。出典に７３０年に詠まれた『万葉集』巻五「梅花の歌」がかかわっていると聞いて、余計嬉しくなりました。

それというのも、みちのく津軽の岩木山を中心とする風景は、遥か遠くなった10代の青春に、私の魂を養ってくれた大自然のたたずまいでしたが、それと同じくらいの意味を持つ多くの「心友」を得たのが、九州は肥後国熊本でした。そしてさらにそこに隣接する福岡（筑紫）は太宰府天満宮の梅の花に深いかかわりがあるからでした。

熊本県内の全市町村の次に、私の60歳から70歳の間の心をつくり、人生を形づくるのを手伝ってくれたのが太宰府で、しばしば訪ねました。

ただ気になるのは、桜は国の花として、明治・大正そして昭和の敗戦の日まで、日本人の心の中に咲き続けました。私のような戦中派にとって思い出すのは、♪貴様と俺とはァ、同期の桜ァ～という歌に引きずられて、多くの同世代が命を失ったことでした。

それも人間の死とは思えない殺され方ででした。学徒出陣で出征した人の多くは、いわゆる神風特攻隊に組み込まれ、話によれば、沖縄の海へ行くまでの片道しか燃料が積み込まれていない戦闘機に、無理矢理乗せられたそうです。

遺書の中には、「八紘一宇（はっこういちう）の御稜威（みいつ）を輝かすために、天皇陛下萬歳を唱えて……」など と書かれている文章もありますが、もしかしたらこれらは、厳しい検閲の結果、お国に都合の良いものだけが残されたのではないかという疑問が感じられるのです。あの思想統制の厳しい時代を体験した立場からの想像ですが……。

それはさておき、桜以前に、最も多くの人が「花」と認めていたのは、梅ではなかったかという思いを、私は小著にも度々書きましたし、そのように信じて来ました。その残り香が復活したのです。『万葉集』四千五百首以上の中にも、桜よりも梅を賞した歌の方が多い気がします。

国と運命を共にした花

梅よりさらに前は、「稲の花または穂」ではなかったかとも想像しています。

私が生れ育った隅田川沿いの下町では、正月になると、娘さん達は皆日本髪を結いました。桃割れという結い方が一番多かった気がします。

その前髪には、必ず小さな稲穂が、かんざしのように差してあり、正月の風にかすかに揺れて、娘さんをさらに優しく美しく感じさせたものですが、この稲穂は「花」と呼ばれていました。稲を通し、若い女性の美しさを通して、神様に感謝したしるしだったのかなあと、日常生活では日本髪が絶滅してしまった今、あらためて私達の世代の「美」への思いのありようが心に残ります。

全国どこの桜並木にも、1本か2本、地面に近いところで、切株にされて、黒ずんで、根っこと共に辛うじて生きている桜があります。敗戦の翌年の昭和21年（1946）の春、戦争に協力した花だという名目のもとに、蕾の頃から満開までの間に、次々に切り倒された桜の木の哀れな名残なのです。桜は春が来たから無心に蕾み、そして咲いたのに、花はだ（？）迷惑な話です。国家と運命を共にさせられた植物は、日本の桜以外には無いのではないでしょうか。

「桜」に飛びついた日本人

またもや九州の話ですが、江戸時代最高の生物学者と言われ、『養生訓（ようじょうくん）』を書いた博多在住の貝原益軒（かいばらえきけん）が、「桜はわが日（ひ）の本（もと）の国にしか無い」と言ったか書いたかした言葉に、賀茂真淵や本居宣長、平野国臣等の国学者が飛びつきました。益軒はいささか慌てて「あれは唐の人（今の中国人）から聞いたのだ」と訂正したようですが、あの広大な中国大陸に一本も桜が無くて、ずっと昔には遣隋使や遣唐使も往復し、鑑真和上もやって来た（渡海に何度も失敗はしましたが）あまり広くはない東支那海一つをへだてて、植物分布が全く異なるとは思えません。大陸や海を越えて針葉樹や広葉樹の樹林帯さえあるくらいです。この「桜は日本だけ」の思いにさらに明治政府が飛びついて、国の花に仕立て上げたのではないかと推測されます。

それに寄り添わされるようにして歩いて来たのが武士道でした。確実な資料に出合ったことはありませんが、学問が盛んで、「葉隠」と呼ばれる独特の気風を持っていたのが肥前、のちの佐賀県でした。明治になって、東京警視庁の巡査で最も多かったのが、西郷隆盛の薩摩藩即ち鹿児島県出身者であったように、教育を司った文部省で、職員の数が最も多かったのは、佐賀県人だったと言われます。

応仁の乱（１４６７〜１４７７年）以前の日本の歴史は、神話とお伽話の集合体のようですが、文化と称せられるものは、主として富士山から西側にあり、京都が中心でした。そこからまるで飛び出したように、京都とはほんの少し違っていますが、文化と称しても良いものを持っていたのが、九州北部でした。

令和は「礼和」でありたし

歴史の表面には出なかったものの、明治になって庶民の間で、町民も農民もレベルが共通になって来たものがありました。食事です。それまで粟か稗しか食べられなかったお百姓さん達が、厳しかった米の年貢経済から、紙幣つまり欧米と同じく貨幣と紙のお札の経済に激変したために、米が食べられるようになったのでした。

「食事の作法はその国民の作法である」

これは西欧、殊にイギリスを中心に言われる言葉で、私は名言と信じています。今でも韓国の上流階級には、かなり厳格な食事作法が残されていると言われますが、日本では行儀良くという言葉で、階級の別なく、畳の上に正座して、「戴きます（または頂きます）」と言って、軽く一礼してから箸を取り、終れば「ご馳走様でした」と、箸をきちんと置いて、頭を下げました。

戴きますは頭の上に掲げて、神様仏様、そしてお米や野菜を作り、魚を獲ってくれた農家の人や漁師さんに感謝することであり、馳も走も共に走るという意味ですから、やはり走り廻って働いて下さった方達すべてに感謝することです。

明治天皇が外国籍の船にお乗りになった時に、西洋料理が差し出されました。ところが、あまりにも無作法に食べられるので、その姿を見たイギリス人船長が、お付きの人に、あれは帝王の作法ではないと耳打ちしました。そして、船長の指導で、お付きの方も一緒に、西洋料理の食べ方を教わり、天皇は船長に深く感謝されたという逸話を、私は小学生の頃に、母が読んでいた本を借りて読んだ記憶があります。

官房長官がまるで歌舞伎の役者さんが見得を切るような緊張した顔で、たぶん何度か稽古をしてきたに違いない構えで、「令和」と達筆で書かれた額を掲げられた瞬間に、私がピンと頭に描いたのは、「礼和」でした。令和を機に、もう一度、礼儀正しい国民が生きる日本に戻って欲しいという願いでした。

万事が西洋風、殊にアメリカ風になって、経済は１９６０年代の末から７０年代の初め以来、アメリカを時には追い越すことはあっても、平成が終ろうとする時に、かの国で度々起る銃の乱射事件を除いては、アメリカ人に日本人の心のありようは征服されたのではないかとさえ思うフシがあります。

その一例が食事の不作法です。まるでむやみに増えた犬や猫が、地面に置かれた器の中に頭を突っ込んで、息もせずに、他の人ではなく、他犬や他猫（？）に奪われまいと、息もせずに食べるあの姿に似ているのです。テレビの料理番組で、出来上った料理をタレントさんが立ったまま食べる姿を見てもわかります。

第3章　「三つ子の魂百まで」は真理です

日常に溶け込む神棚

私が放送局で働いていた頃に建てた木造2階建てのわが家が、築50年以上たって外観からも古ぼけて見えて来たので、いま取り壊そうと思っている最中なのですが、サラリーマンの家には今どき珍しく、四畳半の一室の鴨居(かもい)の上には、大工さんにつくってもらった神棚(かみだな)があるのです。

いまお相撲をやる両国国技館と背中合せの町内（旧本所区亀沢町１丁目）で、自転車の部品（主としてベル）を製造販売、時に輸出していた商売屋に生れ育った私には、家の中に神棚があるのは、当り前の風景でした。向う三軒両隣すべて、軒(のき)がつながっていた長屋も含めて、どこの家にも神棚があり、お社が置かれ、お伊勢さんや熊野神社や氏神様のお札が並んでいました。家族は必ず朝ご飯と夕ご飯の前には、神棚を拝みました。父は必ず毎朝小さな器で、お水とお米を上げ、母は毎月1日と15日には小豆入りのお赤飯を炊いたものでした。

私がその延長上で、たとえ戦争が無残な敗北に終った後、20年もたってから建てた家でも神棚をまつったのは、いとも自然な心の働きでした。

60歳で放送局を定年でやめ、5カ月後にふとした縁で熊本県立劇場の運営を館長として依頼された時も、着任の当日の午後には、市内の仏具屋さんへ行って神棚を買い、館長室に備えつけ、お客様と職員の安全を祈り、あわせて大入満員を願った時も、私にとっては、子どもの頃から身についた当り前の行為でした。

熊本での村おこし

着任1カ月後から、いったいこの県にはどんな文化があり、教育や産業があるのかを、村の人や町の人から直接話を聞きたいと、全市町村巡歴の旅に出たのですが、それまでマスコミの言わば最先端に立たされていたはずの私が、びっくり仰天したのは、地方の過疎の現実を全く知らなかったことでした。この衝撃はジャーナリストとして、30年後の90代の今日でも、深く恥じています。県内至る所で、丈高い雑草が休耕田で風になびき、小学校に子どもの歓声はありませんでした。

ただ村に残った若者――ただしほとんど60代でした――が、過疎で衰退した神楽や獅子舞などの伝承芸能のほんの一部を伝えているところに、かすかなエネルギーを感じて、この完全復元を通して、村おこしを村の人の心おこしから始めようと思いつきました。

再度巡歴をやり直し、薄謝と同時に職員への薄給でも知られたＮＨＫ（日本放送協会）からの退職金なども放り込んで、文化振興基金制度を自分一人で創設し、これを原資にして村人や町民の説得に当りましたが、「なんせ人のおらんばってん」と、どこでも反対されました。

半年後、「おーたち（自分達）がやってみるばってん」と、熊本県阿蘇郡波野村中江岩戸神楽三十三座（当時）の皆さんが申し出てくれました。

私が即座に、お願いしますと言えたのは、今から考えてみると、子どもの頃から、「神様」を感じる心が私の体内にあったからなのかもしれないのです。神様は形としては日本では存在していませんが「存在するもの」として、心の中にあるのです。

神楽の完全復元

それから2年半。昼間は皆働いていますから、稽古は夜の8時から公民館で行いました。過疎前は50人で、夕方始めて明け方に神楽は終っていたのに、今は僅か十数人。一人が舞い手、笛、手びら鐘（がね）、太鼓と、何役もこなさねばなりません。10時にはへとへとになります。私は週に何度も稽古場を訪ねましたが、熊本市内の借り上げ社宅に帰って来ると真夜中でした。

平成元年（１９８９）1月27日午後2時。村の人達の村を思う涙ぐましいまでの努力の結果、遂に完全復元した神楽は開幕し、夜を徹して上演され、21時間後の28日午前11時に緞帳（どんちょう）が降りました。

古事記の岩戸物語を、33番までの座に組み立てたこの神楽は、出雲方面から伝わって来たもので、村の人々の心の絆になっていました。

お金が無いので、宣伝は私が白い大きな模造紙（もぞうし）に、墨で「あなたは、劇場で、徹夜出来るか」とでかでかと書いたものを印刷した1枚だけでしたが、どういうわけか、１２００人ほどしか入れない熊本県立劇場演劇ホールに、地元県民はもちろん、なんと北海道、東京、大阪、沖縄から計８０００人もの観客が殺到して、超満席で通路から舞台の脇花道まで一杯になりました。そして一幕ごとに盛大な拍手を送って下さいました。

ＮＨＫがその頃始まったばかりのＢＳ放送で、徹夜で終幕まで生中継してくれました。私も座と座の間に、５分間ずつ、計2時間45分解説に当りました。いま、日本人の誰もが、「ふるさと」が恋しいのだと思いました。そして、この仕事は、「感動無しに、人生はあり得ない」という戦中戦後の10代で自得した処世訓の最初の実践でした。

江戸っ子気質で取り組む

数カ月後、神社庁と伊勢神宮から、感謝状を差し上げたいという電話が、それぞれありましたと劇場職員が知らせて来ました。

「ご冗談でしょ。私はお役所やお伊勢さんのために完全復元して上演したわけではありませんのでお断りします。村おこしのためです。もっとも本来ならば、全国最高位の神社であるお伊勢さんが音頭を取って、お役所が実行するのが筋でしょうね」

と伝えて、両方とも謝絶しました。村では上演を記念して、屋外舞台付きの１万２千坪の神楽苑という公園と、大きな神楽殿を造り、春と秋の大祭には、溢れるほどのお客様で賑わい、村は活気に満ちると聞いています。

聞いていますというのは、あの超満員の徹夜上演のあと、およそ30年間、私は村を一度も訪れていないからです。

正直に言うと、客席改装の相談があって、お祭りの日に行ったのですが、役場の人がお客様というよりも神楽見物の群衆に向って、マイクで、いま、この神楽をおこして下さった鈴木先生がお見えになりましたと叫び、4、5人の神楽の方に、手を引かれあとを押されて、舞台に上らされてしまいましたので、やむを得ずに、お越し下さいましてありがとうございますと頭を下げました。

東京というよりも江戸下町の職人の血が流れているらしい私には、終りが良ければそれでいいので、「旦那、一生懸命やったんですが、こんなものしか出来やせんで、申しわけございません。じゃこれであたくしァ失礼致しやす。ごめんなすって」と、スタスタとその場を去って、何事もなかったような顔で新しい仕事に取りかかるというのが、私の性格であり、好みなのです。

従って、日本のテレビ放送の始まりから昭和の終りまで35年間、外から見れば黒白の画面時代を象徴するようなすべての番組に携わり、テレビ番組の制作からＮＨＫの裏側まで、すべて知っている私が、現役時代はもちろん、75歳で生活するための職業をすべて離れて以来、現在の90代での年金暮らしに入るまで、テレビの番組や放送について、一字も書かず、ひとことも喋ったことが無いのも、この性格のせいなのです。

どんなテーマの原稿や講演でも、お断りしたことはありませんが、こと番組や放送についての内容でしたら、即座に辞退しました。例外として、「受験勉強の思い出」というのもお断りします。旧制の中学・高校・大学それに就職のすべてにわたって、中間試験も学期末あるいは進級進学も含めて、試験の準備をしたことが全く無いのです。

試験は早い話が習ったことの復習だから、無理に事前の準備を繰り返すことはないのではないかと、中学1年の1学期の終りに気づいたのが習慣となり、NHKへの就職も、全くの偶然の出会い頭でした。まるで漫画のようでした。

大勢が協力してつくり上げる

終りよければすべてよしで、このあと劇場を去るまでの約10年間、毎年春には完全復元した村や町の伝承芸能を、秋にはこれまた3年ずつの歳月をかけて、多数の障害者（児童も）を含めて、熊本県民の方が愛と感動をこめて、劇場のコンサートホールの舞台で大合唱する「こころコンサート」を、これまたボランティアで自由参加された１００名を超えるオーケストラの伴奏で上演しました。のちには福岡市、北九州市、そしてわが青春の地津軽は弘前市、さらに埼玉県でも上演し、最高1万2千人参加の大合唱となりました。しかし、ずっとこのような仕事をこうして書いたり、講演で話したりはしていませんでした。

なぜかと言うと、番組もこうした郷土芸能もコンサートも大勢のスタッフや出演者が協力して制作します。それを自分一人でやったような顔をして書いたり話したりするのは、江戸っ子の律義さが許さないのです。話し方や司会の技術なども、ＮＨＫに在職したから覚えたのですから、在職中も定年後今日までの30年間も、ご恩のあるＮＨＫの番組以外では使ってはならないと自分に言い聞かせて生きてきました。

聞く所によれば、鈴木健二さんに司会を頼むのは、たとえ天皇陛下がお頼みになっても、絶対引き受けないそうだという噂（うわさ）があるそうです。

事実ＮＨＫ在職中も、某政党が手を廻して、何かの全国大会の記念講演を当時のＮＨＫ会長に頼んだそうですが、他の職員ならなんとかなりますが、あの人だけは駄目です、会長の私が頼んでも、ＮＨＫ以外の仕事には決して行きませんのでと答えたという話を、会長周辺の人から聞いたことがあります。2年後に開催される医学医療関係の全国大会だったそうです。

その代り、ＮＨＫ自身が催す「受信者サービス講演会」には、超多忙の仕事の合間を縫って必ず出掛け、１年間に73カ所も引き出されたこともありました。その時でも、放送や番組の話は全くせず、人生の様々な話をし、頃合いを見て、壇上に両手を突いて、１回だけ必ず「受信料をよろしくお願い致します」と言って、深々と頭を下げました。するとそこでなぜか爆笑と拍手が起るのでした。この単純な芸当が他の職員には出来なかったらしいのです。

いま、あるいは今日、何の仕事をしているかが大切

さらに私は60歳の１月23日に定年退職した翌日から、「ＮＨＫ元アナウンサー」という肩書きを、90歳の今日まで、自分で使ったことがありません。男にとって、生きている間必要なのは、いま、あるいは今日(きょう)、何の仕事をしているかが大切なのだと信じているからです。

新聞や週刊誌などのマスコミまたは催し物の主催者が勝手に「元ＮＨＫアナウンサー」と書いてしまうのは仕方がありませんが、自分からは絶対書きません。書き方が違います。

私が書くと、

「ＮＨＫ元アナウンサー」

他人が書くと、

「元ＮＨＫアナウンサー」です。

ＮＨＫは昔も今も同じＮＨＫなのです。その中で、昭和27年から昭和63年まで、私は働かせて戴いたのです、アナウンサーとして。つまり昔のすなわち元のアナウンサーなのです。それが、元を上に書くと、いまは無き昔のＮＨＫで、アナウンサーという仕事をしていましたというふうに取られてしまうからです。

60歳から70歳までは、「熊本県立劇場館長」、70歳から75歳までは「青森県立図書館館長」という肩書きを使い、退職してからは無職の年金暮らしですから、いろいろな届けに職業を書く欄があると、書かないか、やむを得ず無職または自由業と書いたりします。

職を失うと社会的価値もなくなるのか

90代に入って初めて感じたのは、近現代社会において、人間は、少なくとも男は、その職業に就いている限りは生きており、その職を失えば、その日は社会的価値を喪失して死に、翌日職を得れば再生し、最後は職を得ることが不可能な状態となる。それが本人は生きているのに、社会では「死」と呼ばれる状況なのではあるまいかということでした。

私は80歳代の10年間を、無職で過し、ただひたすら前立腺ガンの恐怖と闘うだけで暮らしました。その頃日本の男性の平均寿命は78歳で、統計の通り、友人知人学友の多くが、75歳から80歳の間に次々と他界し、ここが男の命の天下の嶮だと思いました。

ところが、80代の終り近く、医療上のデータでは明らかに末期の前立腺ガン状態だったのに、生検で12本の針を患部に突き通したら、ガン細胞が1粒もなかったのでした。

その直後に90歳になりました。その瞬間、あ、生きられるのだ、生きるためには食べなくてはならないし、妻と子と孫の生活も見てやらなくてはいけないのだと自分に言い聞かせはしましたが、90代の男を傭ってくれる所は、日本には、もしかすると、世界中にも全く無い気がしました。

悪いことに、私は幼稚園や小学校の時代から、体が弱く、しかも気が小さく、ひどい臆病なのに加えて、母の溺愛とも言える過保護のためか、友達が全く出来ず、しかも、下町生れなのに、靖国神社の隣の山の手の中学へ行き、空襲で家を失った僅か半月後からは、青森県は弘前にあった旧制高校へ単身で行き、旧制大学は仙台、そして、就職したら新人としての赴任先が熊本と、友達が出来る若い時代に、それぞれの土地ではたくさんの友達を得ましたが、いずれも3年ごとに別れざるを得ず、日本でテレビ放送が始まってからは、35年間有給休暇は一日も取れなかった超々多忙で、とうとう心を開いて語りあえる親友と呼べる人は一人も出来ませんでした。

白髪無友、傾蓋有友

環境のせいもありましたが90代のいま振り返ってみると、幼少の頃の、友達と遊べず、一人でおもちゃ遊びをするか本を読むかなど、いまで言う「ひきこもり」が、体の奥底に沁み込んでしまっているのではないかと自省するのです。「三つ子の魂百まで」は真理です、というタイトルをこの章に掲げたのは、決して思いつきではないのです。

「白髪無レ友、傾蓋有レ友」という中国の格言を、私はわが身に照らして好んでいます。子どもの時からいまお互いに白髪になるまでつきあっているのに、あの友からはこれまでの人生で、何一つ得るところが無かった。むしろ、蓋（被り物）をちょっと傾けて、すれ違いざま挨拶を交しただけなのに、あの友からは、大きな影響を受けたという意味ですが、私にはこうした傾蓋の友ばかりです。しかし、その友が80歳代のうちにほとんど他界してしまって、いま、私は完全に無友の孤独者です。

第4章　なぜ、歴史は繰り返すのか

令和の世の祟り

平成の終りがたの時に、「令和」のたった2文字で、『万葉集』四千五百首が息を吹き返し、不況に苦しむ本屋さんの店頭では、即日万葉集が完売になったとニュースが報じています。平成の日本は、民主主義国ではなく、商業主義国とも言うべきお国柄だったのです。しかし、太宰府、大伴旅人、梅の花と続くと、どうしても歴史的に登場して来るのが、菅原道真であり、「主なしとて春を忘るな」の名句です。

ところが、道真は大宰府に左遷されたことの恨みつらみから、東国の平将門と並んで、祟りの権化のように言われています。何人かの宗教学者さんに、私は日本人の間に祟りの観念が生れたのは、いつ頃からですかと聞いたことがありましたが、どなたも古いことはわかりませんが、やはり道真や将門あたりではないでしょうか、と答えられました。

祟りというのは、自分とは関係がないと思われる人や動物や時には自然から、まるで恨みを晴らすようなひどい災いを受けることです。

万事が明るく陽気な雰囲気に包まれ、あるいは包もうと努める昭和の後期から平成、さらに令和にかけての日本では、祟りなどは極めて縁遠くなってしまいそうな観念ですが、私にはどうもそうとは限らないのではと思うフシがあるのです。

「家族」を滅亡させたテレビ

全くのひとりよがりですが一例を挙げます。

昭和47年（1972）の梅の花が咲く頃、私は次のような短文を新聞のコラムに書きました。かなりの決心をした上でです。

「私は皆様から受信料を毎月戴いて、それで番組をつくって経営している放送局に勤めていますから、この文章が新聞紙面に出ると、たぶんクビになるだろうと思っていますので、ありったけの勇気を奮って書きます。

家族は常にお互いを見つめあって、時には助けあい、いたわりあったりしながら生きて行く社会で最も小さい単位です。その心の温かさが通じあうのが食事の時、殊に夕食の時です。

ところがいま、日本では家族の眼は、始まってからまだ20年もたっていないテレビの方に全員向いてしまっています。

このままでは、日本の家族は会話を失って滅亡してしまいます。お願いがあります。せめて食事の時だけは、テレビを消して下さい」

こう書いて、私は桜咲く4月に日本を飛び出し、当時のソビエトとアメリカを両極としたいわゆる東西冷戦の真っ最中に、入国許可さえも覚束(おぼつか)なかったインド、ソビエト、東西ドイツ、東西ベルリン、独立1年目のバングラデシュなどの国々の人々の暮らしぶりを中心とした長い取材と、南米各国の移住地の調査などの1年有余にわたる旅に飛び出してしまいました。

帰国すると、当時はまだ郵便だけが投書の手段でしたが、私の机の上に、手紙や葉書が山のように積まれていました。あのコラムの件についてのものが多く、中にはよくぞ書いてくれたというお褒めの言葉が若干ありましたが、大部分は、「テレビを消している間の受信料は返してくれるのか」という当の本人の私が淋しくなるような内容のものでした。

しかし、クビにもならず、上からのおとがめもお叱りもありませんでした。

人間の中の清流と濁流

ところが、あれからおよそ60年後の平成・令和の世に、親殺し、子殺し、誰でもよかった殺人、振り込め詐欺など、人間として信じられないような凶悪事件が、連日新聞の紙面やニュース番組を埋めています。商業主義国的には売り出しや新製品、4月から5月の10日間の先例無き大型連休で沸き立っていますが、その一方、同じ分量だけの紙面を憂鬱な事実が占めているのです。

しかし、この人間がする所業とは思えない凶悪な犯罪を無慈悲にも行ってしまう人達の年齢を調べると、私が少なくとも食事の時はテレビを消して、家族が眼を見合わせて戴けませんかと、クビを覚悟で書いたあの頃の家庭の息子や娘であり、孫であったのです。さらに一年間で、届出がされる行方不明の高齢者は全国で一万人以上いるそうですが、この人達はあの頃の父親であったのでした。親の祟りが子に報いと言うべきでしょうか。

私達は真面目に幸せに人生を送ろうと常に考えていますが、その清い流れのすぐ傍らに、実は濁流が渦を巻いて流れ、時には私達を呑み込んでしまうことがあるのです。最悪の濁流はもちろん戦争であり、それがもたらす残酷さの表れが、戦死であり、原爆や空襲による無残な死に方であり、戦後の暗黒な社会であり、さらに気がつかないうちに、子や孫に伝わっていた凶悪犯罪を平然と犯す心理になっていたと考えられないでしょうか。問題の一つは家族や家庭のあり方です。

先日、九州の熊本市内でタクシーに乗ったら、運転手さんが凶悪犯罪のニュースをラジオで聞きながら、大きな声で、「ばってん、犯人が育った家庭がこぎゃん悪か人間をつくり出したんだけん。問題は家庭ですよ、家庭」と言いました。そうですよ、そうですと私は小声で答えて、やっと50年ぶりに私の考えの賛同者を一人見つけたと受けとめました。

「平成最後」を連発するメディア

平成30年（２０１８）はどんな時代だったかを表現するのに、毎年関心を集める京都清水寺の一番えらいお坊さんによる墨書きの大きな文字では、地震や崖崩れや洪水などが相次いだのを参酌して、「災」という一文字でしたが、私は「不安」にしました。

北朝鮮とアメリカの争いがいつ戦争に発展してしまうかや、アフリカや中東の難民のこと、日本の凶悪犯罪の急増で、もしかしたらいつか自分もという心理が、日本人の暮らしの中にわだかまってしまっているのを感じていたからです。

「平成最後の……」という言葉が、平成31年（２０１９）に入って、テレビや新聞に溢れ返りました。マスコミの数がむやみやたらに多い日本では、恵方巻きと言えば、日本中に大きなのり巻きが溢れて大量に余り、やれバレンタインだ、母の日だなど、大売り出しがクリスマス以後にも数え切れないほど続きます。

私は放送局で現役で働いていた頃には、あの言葉をあの人がまたはあの新聞、あの局が使ったら、自分は絶対使わずに他の表現を考えようと、蟷螂（とうろう）の斧（おの）ではありましたが、ひとり意地を張ったものでした。しかし、今では可愛いはずの後輩達も、男女を問わず「平成最後の……」と、まるで自分が日本で初めて使うような表情で口走っています。みんな仲良しの時代なのでしょう。

情報の半分は自分で探す

「他人から貰った資料は、事実を半分しか物語っていない。あとの半分は自分で歩いて探して来るのだ」

アナウンサーという役職で、36年間放送の中で生活の糧を得ていた私が、金科玉条として自戒の基本として守り抜いたのはこの自家製の言葉でした。これの実践のために、私は人の何倍も忙しくなり、ＮＨＫアナウンス室の私の机のまわりには、床から1メートル60センチぐらいの高さに本が城壁の如くに積み上り、ＮＨＫ名所だと言って、絶えずマスコミが写真を撮りに来たり、しまいには一般の見学者までが、いきなりゾロゾロと部屋に入って来たりしました。

時々これがどっと崩れましたが、同室の若い同業者達は、これを豪雨の時に起る土石流をもじって、書籍流と呼んでいました。

このきっかけは、昭和34年（１９５９）９月26日の伊勢湾台風にありました。潮岬に上陸した巨大台風が、伊勢湾を北上したのです。日本でテレビ放送が始まってまだ６年目でした。

それまでスタジオの中にいただけの重いテレビカメラが、初めて外に持ち出されて、台風の今の状況を映し出すことになりました。平成の今日では当り前の仕事ですが、なにしろ本邦初の試みでした。

ところが、どういうわけか、東京で勤務していた私に、至急名古屋へ行って実況をしろという上からの伝言がありました。一番若い下っ端のアナウンサーである私にです。えーっなぜと思いましたが、宮仕えのつらさで、東海道本線の特急に飛び乗って、名古屋へ向いました。新幹線が開通する5年前でした。

そして、いきなり現地でカメラの前に立った私は、実況放送の第一声に、アドリブで、

「雨が降ると、人が死ぬのです」

と言いました。すでに台風が通過した所では、亡くなられた方がいたのでした。

ところが、翌朝の新聞に、

「『雨が降ると人が死ぬ』という表現は、現在の日本の災害状況を、ものの見事に表現した言葉であった。さすがにベテランアナウンサーの熟練した言葉の技術である」

と書いてあるものがあったのです。私がたとえ名前は出ていなくても、新聞紙上に生れて初めて登場した出来事でした。

しかし、待てよとも思いました。私はどこの新聞社からも直接取材は受けていませんし、確認の電話がＮＨＫにかかって来たという話も聞いていませんでした。活字メディアは取材も確認もせずに、印象や推測だけで記事を書くことがあるのだ、これでは真実は伝わらないと思ったのでした。私はベテランどころか、まだ入局僅か6年ちょっとの一番下っ端

のかけ出しアナウンサーだったのです。以来私は前記の言葉を自作して守り抜きました。

資料を確認しないお粗末さ

ところが今の国会議事堂はどうでしょうか。厚生労働省がつくったデータが、20年近くにわたって間違っており、中には紛失して行方不明のものさえあるというのです。相次いで他の官庁でも同じことがあるとのことです。

その誤った資料の上で行われた政治や行政があるはずですが、与党の政府側からは、それがこれでしたという話はなく、この長い間の欠陥に全く気づかなかった野党からも、これがそうだという事実の指摘も無いのです。

今からおよそ１５０年前の明治4年（１８７１）８月に、のちに初代総理大臣になる伊藤博文（とうひろぶみ）は、アメリカから帰って来たばかりでしたが、徳川幕府からの大政奉還や廃藩置県などによって、新しい政府をつくろうとしていた岩倉具視（いわくらともみ）達に、「大蔵省組織案に反論する」と題して、大略次のような手紙を送っています。

「大蔵省より出納（すいとう）する金は、政府の公金にして租税なり。一銭（せん）もゆるがせにすべきに非ず。しかるに今は、緊急の証書も各省の箱の中に山積みになり、失っても顧みず、全国の会計を知る根本の書も、一小冊に止まる。

これを失う時は、これを探す方法も無し。このまま数十年も経れば、どうやって出納の証を知るか。今後議会が開かれて、当時の会計を探すとしたら、大蔵卿はどの本や証書を開いて、その支払いを調べて、国民に答えられるのか。」

まさに「われ日にわが身を三省す」です。150年前、日本に政府が出来ようとする時から、平成末期の政治行政のお粗末さが予見されていたのです。少くとも私自身は36年間受信料をお納め下さった視聴者の方に、誤った情報は差し上げなかったのだという安心感を持っています。

第5章　師と仰ぐ3人の先生

尋常小学校の担任・木村民雄先生

実を申しますと、私が放送での仕事の基本の一つとした「他人からの資料は、事実の半分」と考えるヒントを授けて下さったのは、私が東京市本所区立（現墨田区）二葉尋常小学校で、１年の入学から６年の卒業まで担任して戴いた木村民雄（きむらたみお）先生の、５年生の時のひとことでした。

昭和10年（１９３５）、当時東京市で最も人口が多かった本所区でしたから、桜咲く４月に、２５０人近くの子が１年生になりました。

講堂で入学式があって、校庭を横切って初めて教室に入ることになり、言われた通りに、隣の子と手をつないで校庭を、同じ組の40人以上もの子と歩きました。ところが、校舎に入る少し手前で、手をつないでいた男の子が、鼻から鼻水をすーっと落とし、それがその子が履いていた新しい運動靴の上に、ぽとりと落ちたのです。

瞬間的に私はあっ汚いと感じて、思わずつないでいた手を離してしまいました。すると、その子は立ち止って、恥ずかしかったのか、わあっと泣き出してしまいました。初めて見た担任の木村先生が急いでやって来て、その子の鼻をハンカチで拭いてやり、その子は泣きやみました。

私はその後の旧制中学、旧制高校、旧制大学、そしてＮＨＫの入社式の思い出はどれも全く無いのに、なぜか小学校の入学式の時のこの1分足らずの情景は、90代のいまもはっきり覚えているのです。ただし、その子が誰であったかは、その後6年間一緒の組にいたのに、全然記憶に残っていません。ただ先生って優しい人なんだなあという印象は植えつけられました。

しかし、私達の学年も含めて、この学校の卒業生と在校生のうちのかなりの数――たぶん数百人――が、この入学式から10年後に、あの思い出すのも忌々(いまいま)しいアメリカのＢ29による無差別爆撃によって、この校庭で、教室で、プールで、講堂で、無残な死を、真っ黒な焼死体となって遂げさせられたのでした。いま、クラス会は無理だろうから、せめて学年会をと毎年秋に１回開くのですが、集まれるのは、全員が90才代に入った途端に、男が４人、女が１人です。

昼食を取りながら2時間ほど、両国駅隣のホテルの小さな部屋で歓談するのですが、私はいつも、孤独というのは、自分がつくり出すよりも、周囲の環境や社会のあり方の中から、じわりと押し寄せ、いつの間にか生み出されて来る共有現象なのだなあという感覚に襲われるのです。

耳の大手術

入学式は終ったものの、初めての夏休みの終り頃から、私は左の耳に痛みを感じ始め、毎日隣の町内にあった耳鼻科のお医者さんに、母に連れられて通うようになりました。

当時流行した急性中耳炎にかかったのです。日を追って、痛みと左頬のはれがひどくなり、秋の終りにお医者さんから、私の病院ではもう手に負えないので、両国橋を渡った日本橋に専門の大病院がありますので、すぐに行って下さいと言われ、母と行きました。

院長先生は診察をするなり、言いました。

「こりゃ大変だ。手遅れです。頭蓋骨がやられていますよ、膿で。今夜すぐ手術をしましょう。病院の近くに床屋さんがありますから、そこでくりくりの坊主刈りにして来て下さい。もしかするとこの坊やは、手術が成功しても、6年生卒業する時に、片仮名が読める程度の頭にしかならないかもしれませんよ」と。

床屋さんに行って坊主頭にしてもらい、母におんぶされて病院に戻ることになりました。夜になっていました。満月でした。

「手術ってなあに」

と聞くと、母は答えず、くしゅんと鼻をすすり上げました。泣いているのがわかりました。病院へ着くと、ガラス張りの手術室に直行しました。数人の看護婦さん（当時）が来て、ほう帯で私を手術台にぐるぐる巻きに結びつけました。

私はいやだいやだと叫びました。瞳の端にガラスの向うに父も来ているのが見えました。ガーゼが顔の上に掛けられました。お医者さんが「坊や、1、2、3と勘定してごらん」と言いました。全身麻酔です。

「1、2、3、4、5……」

と私は懸命に声を張り上げました。うまく数えれば、このほう帯を取りはずしてくれるだろうと思ったのですが、47（しじゅうしち）47、47……ここで眠ってしまいました。

手術は無事終わりましたが、手術した左耳を上にし、右を下にして、ベッドに寝かされたまま秋が終りお正月が過ぎました。３カ月近く寝たままでした。

入院中の勉強

学校へ行けなかったので、果して2年生に進級出来るのかどうか心配しましたが、木村先生が病室へ来られて、私に国語の本を声を出して読ませたり、漢字を書かせたり、計算をさせたりしました。そして、これなら2年生になれますと両親に言ってくれました。

私がテレビカメラの前に立ったり、講演会などで、1万人余りのお客様を前にして話す場合は、何時間でもそれこそ立て板に水で、まばたきもせずに喋ります。

しかし私が、日常の暮らしの中でひどい無口なのは、生れつきもあるのでしょうが、1年生の時のこの長い、しかも一人きりの病室の中で、本を読むだけだった孤独な生活が長く尾を引いているように思えます。今でもすぐに一人きりになりたがるのです。三つ子の魂百までの典型です。

1月23日の8歳の誕生日に退院し、暫（しばら）く家にいてから、頭にほう帯を巻いたまま、久しぶりに学校へ行きました。東京には珍しく小雪が舞っていました。学校へ着くと、今日は授業を休むから、すぐ家へ帰れと言われました。2月26日つまり二・二六事件、陸軍が反乱を起した日だったのでした。

兵隊の連帯責任

それから間もなくのある日。学校から帰ると、一人の兵隊さんが両親と話をしていました。後ろ姿を一目（ひとめ）見て、その人が以前父の工場で働いていたのですが、兵隊に取られた人だとわかりました。こんにちはと声をかけると、あ、ケンちゃんと言って振り返った顔を見て、私は思わず母の後ろに逃げ込みました。

その人の左の眼のあたりが、濃いねずみ色をしてはれ上っていたのです。お化けのようでした。

「どうしたの、その眼……痛いでしょ」

「うん。朝早く訓練で叩き起されて、兵舎の前に整列した時、隣にいた兵隊が手を滑らせたかして、持っていた鉄砲を地面に倒してしまったんだ。そうしたら連帯責任だと言って」

「レンタイ？……なに」

「せきにん。つまりその人だけでなく、同じ班の兵隊全部が悪いと言うんだ。恐れ多くも天皇陛下から賜った大切な有難い武器を、地面に倒すとは何事だ。不忠者と、全員が上の位（くらい）の兵隊から殴られたんだ。拳骨（げんこつ）で。軍隊というところは、理由も無しに、むやみに殴られる所なんだ」

この、理由も無しにむやみに殴られるという言葉が小学生の私にとっては、今で言うトラウマになり、兵隊には絶対なりたくないという気持ちが、心の奥底に沈み込んだのでした。

いわゆる「盧溝橋（ろこうきょう）」の一発から支那事変（日中戦争）が始まり、間もなく同じ組の子のお父さんが、戦死しました。事変なのに、どうして戦死と言うのだろうと不思議な感じがしましたが、突然遠く離れた戦場で、お父さんが敵の弾丸（たま）に当って死んでしまったこの子が、可哀想でなりませんでした。子どもではありましたが、これが私の人生最初の戦争体験でした。

生れて初めての祭り

5年生の氏神様（向島の牛嶋神社）の夏祭りの日でした。近所の子達は皆お祭りのいでたちをし、女の子も男の子も鉢巻きをしていましたが、人が大勢出て危ないからと、私に対して超過保護であった母は、お祭りの服装はさせてくれても、外へ出してはくれませんでした。私は幼い時から、玄関のガラス越しにおみこしや太鼓を眺めるだけで、子ども達が持っている綿アメが羨ましくてなりませんでした。

ところが、どういう風の吹き廻しか、4、5人の子が来て、外から玄関の戸を開けて、

「ケンちゃん、おいでよ。子どもみこしを一緒に担ごうよ」

と言いました。私はびっくりして、近くにいた母の顔を見ました。駄目だよと言われるに違いないと思ったのですが、なぜか母は、

「行っといで。皆仲良くね」

と言いました。友達は私の手を引っ張り、外へ連れ出しました。そこへ子どもみこしが来ました。友達はすぐにもぐり込んでおみこしの棒を担ぎましたが、私は生れて初めてのことで、おろおろしながら、屁っぴり腰で、両手を前に差し出すだけでしたが、そのうち

に後ろから押されて転び、膝をすりむいてしまい、恥ずかしくて家へ戻りました。

夕方少し暗くなると、またさっきの子達が来て、ケンちゃん、一緒にお湯（お風呂屋さんのこと）へ行こう、ケンちゃんの分のタダ券も貰って来たからと誘いました。

おみこしを担いだ子には、ご褒美として、銭湯の無料入浴券をくれるのでした。

しかし、私にとっては思いもかけないことでした。私は毎晩食事の片づけが終ったあと、母に連れられて、家の前の道路の向い側にあった銭湯の女湯に行っていたのでした。５年生になってもです。当然駄目に決っているだろうと思っていると、なんと母は「一緒に行っといで」と言って、手拭いと石鹼箱を私に渡しました。

生れて初めて、友達と男湯に入りました。番台にいたおばさんが、えーっ、ケンちゃん大丈夫かいと、素っ頓狂な声を上げました。私はひとりで着ているものの脱ぎ着が出来ず、いつも母とお手伝いのおねえさんにして貰っていたのです。でも他の子はもうさっさと裸になっていたので、私もひとりで脱ぎました。まだおとなのお客さんはいませんでした。

友達は湯舟に飛び込むと、空いているのをいいことにして、泳いだりもぐったりしましたが、私はいつも女湯でやるように、ゆっくりと、お湯の中に入りました。あんまり子ども達が騒ぐので、番台のおばさんが降りて来て、静かにおしっ、お湯がなくなっちゃうよと怒鳴りました。子ども達はあわててお湯から上ると、足はお湯につけたまま、湯舟のふちに腰掛けました。私はびっくりして見廻しました。その瞬間に、はっと気がつきました。全部の男の子のおなかの下の方、足のつけ根のところに、小さなラッキョウみたいなものがくっついて、ブラ下っていたのです。それは私にもありました。

そうだ、ボクも男の子なんだと気がつきました。これが私の人生最初の目覚めでした。

人生は真っ直ぐと曲り角が連続する一本道

90代に入って、あらためて過ぎ越し方を振り返ってみますと、人生というのは、生れてから這い這いを覚え、そこから立ち上ったあと、必然的に真っ直ぐに年齢に応じた道を歩いて行くのですが、例えばこの目覚めのような偶然にぶつかります。するとそこから直角に曲って、新しい道を真っ直ぐに歩いて行くと、また偶然にぶつかって直角に曲って真っ直ぐに行くという連鎖が続いて行く長い旅であるような気がします。

その偶然は、自分自身による目覚めであったり、本であったり、遊びやスポーツであったり、異性であったり、友達や先生との出会いであったり、残念ながら、大病や大怪我であったり、大津波、大火事、大地震、交通事故であったりするのです。

入園、入学、卒業、就職、各種の試験、結婚、戦争、空襲、原爆、親の死などは、社会的・人生的に設けられた偶然でありましょうか。

小学校時代の木村先生の「知っていることでも、必ずもう一度調べてから」という言葉は、偶然による効果を、およそ15年以上の歳月ののちに私に働きかけ、私自身は、それから35年間もその道を真っ直ぐに歩いて来たことになるでしょうか。

10歳の時のお風呂屋さんでの男の子としての目覚めは、お粗末ながら、90代の今日まで、細々ではありますが、80年も続いています。

あ、失礼しました。「他人からの資料は事実の半分」と考えるようになった原因を書くのを忘れてました。

これもほんの一瞬の曲り角の偶然で、私だけが、それも小学校5年生の時に言われた木村先生のひとことを私なりに翻案したものだったので、果して皆様に通用するかどうか。

漢字の書き取りの教訓

先生は2年生の頃から、例えば算術（今の算数）の時間に、突然授業を中断して私達に葉書ぐらいの紙を配って、漢字の書き取りをさせました。４字か5字ですが、先生が「やま」と言えば、私達は「山」と書くのです。

下町は月給取りはいなくて、転校して出入りする子は、6年間ほとんど無く、組替えもなかったので、組の40人ぐらいの子は、6年間を兄弟のように暮らしました。女の子はいませんでした。

2年3年、4年5年と進むうちに、月に1回か2回この書き取りが先生の不意打ちで行われたのですが、私はこれが大好きで、今日かな明日かなと待ち受けていました。

なぜならば、2年に始まって5年の終り頃まで、一字も間違えなかったのは、組で私一人だったからです。私は運動能力皆無だったので、運動会が1年間で最悪の日でしたが、この書き取りの発表の日は、組の中で私は得意絶頂でした。先生が健二は今度も間違えなかったと言うと、組の子全員がおーと叫び、拍手をしてくれたからです。

ところが、5年の3学期、12歳になったある日、なぜか先生が急ぎ足で教室に入って来られて、大きな声でおっしゃいました。

「おーい、みんな聞け。健二がこの前の書き取りで、一字間違えた」

えーっという声が上り、皆が一斉に私を見つめ、当の私は全身から血の気が引き、やがてしくしく泣き出してしまいました。

「いいか、健二。これからもあるかもしれないが、自分では知ってると思っても、それを言ったり書いたりする時は、必ず考えてもう一度確かめたり、調べ直してから書いたり言ったりしろ。いいな。しかし、２年からここまでよくやった。残念だったな」

私は立ち上り、わんわん泣いたまま道を走って家へ帰ってしまいました。

これは小学校６年間の中の僅かなひとこまでしたが、中学へ行ってから、試験勉強はやらずに、図書室で毎朝、水泳のシーズンオフの冬の間だけでしたが、本を読んだり、図書室であの12月８日の臨時ニュースの「西太平洋に於て、戦闘状態に入れり」の西太平洋に疑問を持ったり、少し後に、出征直前の中学の担任の原隆男（はらたかお）先生から百科事典の存在を教わったりし、やがて大人になって就職してから、アナウンサーという職種だったせいもありましたが、「１００調べて、１だけ使う」と周囲のスタッフから言われるほど、他人から貰った資料は事実の半分精神を、36年間持ち続けられた大きな曲り角は、「煉瓦」を「練瓦」と書き違えたあの書き取りが原点であったように思われ、また90歳のいまもそうだったのだと、信じています。人生とはこんなものでしょうか。

尊敬する3人の偉人

人には、「あの方こそわが師」と仰ぎたくなる優れた人がいるものです。師がつく人は尊敬されなければならないという考えを私はずっと以前から持ち続けています。医師や看護師、教師などの方々です。

私のこれまでの人生の中では、二葉尋常小学校時代の前記の木村民雄先生、第一東京市立中学校時代、僅か3カ月しか担任して戴けませんでしたが、原隆男先生、そして、残念ながら、予定が違って一度しかご指導を戴けなかった『三太郎の日記』の著者阿部次郎（あべじろう）先生です。阿部先生は私にとっては「幻の恩師」と申し上げた方がいいように思います。

余談ですが、ずっと以前私はある月刊誌に、「人間は仕事をするために生れて来た」という長い題で、西洋人物史とも言うべき連載を、2年間ほど続けたことがあります。

イエス、ムハンマド、プラトン、アリストテレス、アレキサンダー大王、シーザー、ダビンチ、ゲーテ、ナポレオン、ベートーヴェン、ショパン、コロンブスその他合計24人について、無い頭を絞るだけ絞って書きましたが、ではその中で誰を尊敬するかと聞かれれば、全員と答えたいところですが、あえて選ぶとすれば、ナイチンゲール、エジソン、チャップリンの３人、補欠としてピカソでしょうか。

病気と闘ってきた人生

中でも私は自分が90年の人生の中で、小学1年で中耳炎（手術）、戦争真っ最中の中学３年で腹膜炎（手術）、30歳頃から始まって、極度の重労働による不規則な生活が災いして、90代の現在まで続く糖尿病、それに伴った40代での強烈な痛風数度、尿路結石、遂には50歳の夏の終りに、目もくらむような大量の血尿の末に、左の腎臓を摘出されました。

さらに75歳過ぎてからの敗血症と右頸部巨大（直径７センチ）動脈瘤ステント挿入手術、蜂窩織炎、加えて前立腺ガンの疑い、これらの間に、一過性虚血症といって、血管に血液の粒が詰まる病気などで倒れ、救急車で運ばれること４回など、その度によくまァ生きて病院を出て来たねえと仕事仲間からからかわれもし、気の毒がられもして来たので、特にナイチンゲールに敬意を持っています。19世紀はナイチンゲールの愛を、20世紀はマザーテレサの愛を必要としたのだとさえ思っています。

尊敬するスポーツ選手

余談ですが、スポーツ選手の中で敬意を持っているのは、私は放送界では最後の職人と蔭で言われていたらしいので、職人的技術を持った選手です。

弾丸ライナーでＶ９監督の川上哲治さん、世界のホームラン王王貞治さん、アメリカ野球の常識を変えたイチロー（鈴木一朗）さん、二刀流の大谷翔平さん。

そして、私が人並みに出来る唯一のスポーツが水泳ですので、アジア大会金メダル６個の池江璃花子さんを心から応援していたのですが、重い病に倒れました。でもきっと早く回復してくれると信じています。きっと治ります。万病の保持者であり、満身創痍でも人並みに働いて来た私が書いているのですから間違いありません。生来の非力で万年補欠選手であった私が、こういう体つきならば、素晴らしい水泳選手になれるかもと、夢に描いていた体形が池江選手でした。

初めてテレビで池江選手を見た時に、びっくりしました。背筋から両肩上腕、そして両脇を横に一直線に結んだ線から首にかけての肉づき。補欠ながら、どの泳法でも泳げた私が、戦争でプールが使用禁止になった中学３年生以来、夏が来る度に考えていた水泳選手の理想的体形でした。一度お会いして、どのように練習して来られたか、お聞きしたいと思っていました。

人生における人とのめぐりあいとはこんなものなのかもしれません。相手は雲の彼方にいる場合もあるのです。敗戦の日までの日本の臣民と、神様だった天皇陛下の間のように。

第6章　10代の感動が人生を輝かす

自分を励ます言葉

私が生きるため、あるいは仕事をするために、自分で自分に与えたモットーとも言うべき生き方の信条は、私だけに役立ったのであって、私以外の方には爪の垢（あか）ほどの効果も無いことは重々わかっていますが、10代の池江選手の話になったついでに、昭和と平成での人生をささやかに創（つく）り出して来た私の自らへの励ましの言葉を、念のため書いておきます。

一つ目は前記の「他人からの資料は事実の半分……」で、これは小学校時代の恩師木村先生からのヒント、「何でもよく調べて」。

二つ目は、「感動無しに人生はあり得ない」で、これは中学時代に僅か3カ月しか担任して戴けませんでしたが、原隆男先生から水泳を通して感得させて戴いた自家製の言葉。

もう一つは、「芸術作品でも人間でも、まず良い点、長所、つまり美点を発見することに努めなさい」で、これは幻の恩師で永遠の名著『三太郎の日記』の著者で、東北大学法文学部名誉教授でいらっしゃった阿部次郎先生から、直接教えられた言葉です。

他人を中傷しない

人間関係づくりの上では、旧制弘前高等学校時代に、３００人の学生が暮らす学生自治寮「北溟寮」の委員長を、激職のため一人半年と規則では決められていたのに、敗戦直後の大混迷期にもかかわらず、３年近くも寮生の総意で務めさせられ、物心両面の世話を焼き続けていた最中に、福沢諭吉の『学問のすすめ』だったか同じ福沢諭吉の『福翁自伝』の中にあったのかもしれませんが、

「この世の中で、人間がしてはならないのは、他人の人格を中傷することです」

という戒めの言葉に出合い、これをあれからおよそ60年間、いまでも自分では守り抜いている気がしています。

その半面私は有ること無いこと、殊にテレビが職場になってからは、活字マスコミに取

材にも来ないで書かれました。私は良い評判は右の耳で、悪評は小学校1年生の時に手術して、耳道が少しカーブしているらしい左耳で聞こうと分けていたのですが、左耳ばかりが忙しく、右はサッパリ用がありませんでした。

90代のいまになっても、30年前のアレはその後どうなりましたと、マスコミが取材もせずに書き、噂話になった古い話のことを聞きたがる人がいたりします。

人間には、この人よりも自分の方が遥かに清く正しく美しく生きているのだという優位に立ちたいために、他人のスキャンダルを好む性質があるのでしょうか。

但し、「他人の噂話をしている時のあなたの表情は、あなたが持っている表情の中で、最も醜いものです」という言葉が古くから西欧にあるのも事実です。

一方、人生で幸せな生き方の一つは、めぐりあったすべての人が良い人ばかりであったと思えることだという自戒の言葉も、やはり西欧にあるそうですが、私はそうなれそうな気がします。

中学校入学

小学校卒業間際になって木村先生が、お前はここの中学へ行けと言って決めて下さったのが、九段の靖国神社の道路一つへだてた隣にあった第一東京市立中学校（旧制・のち東京都立九段高等学校）でした。

当時の東京市が莫大な予算を注ぎ込んで建てたという噂があり、民間の学習院と呼ばれていたそうで、生徒は名門のお坊ちゃんがたくさんいるらしいと友達が言いました。

確かに、地下1階地上3階で、生徒には一人に一つずつロッカーが与えられ、地下には地震計室、金工・木工の工作室、昼食は学校から提供されるのでお弁当は不要で、全校生が一緒に食べられる食堂がありました。

2階の端の音楽教室には舞台があって、ピアノその他の楽器が置いてあり、2階と3階は音響効果のためか吹き抜けになっていて、天井は屋上に突き出していました。

音楽教室の反対側の端には、天井から大きなシャンデリアがぶら下っていて、全校生が座れて2階席もある講堂と、さらに廊下を隔てて図書室がありました。

屋上には、気象台と天文台があり、過去にはここで新しい星座を発見したこともあるというような話も聞かされました。

さらに柔道場と剣道場、独立のバスケットコートのある建物。さらにその隣には、戦前の日本に2つしかないと言われていたらしい屋内プールがあり、総タイル張りで、2階は観覧席になっていました。入学式のあと、案内されて見学した私は、中学って凄いなあと感嘆するばかりで、ここを勧めて下さった木村先生に心から感謝して見て廻りました。

中学校の担任・原隆男先生

私が入ることになった1年B組の教室は、英会話教室と呼ばれて、教室の半分が一段高くなっていて、ソファや椅子や本箱が置いてある応接間風になっていました。

そこで待っていると、やがて、木村先生によく似た背格好をして、同じように太目（ふとめ）の黒い縁の眼鏡をかけた男の人が入って来て、応接間の段の上に立つと、いきなり喋り始めましたが、何を言っているのかサッパリわかりませんでした。

少したってから、それは私が生れて初めて聞いた英語だったことがわかりました。下町には異人（いじん）さん（欧米人のこと）は一人もおらず、私が最初に外国人を見たのは、敗戦直後に青森県の陸奥湾（むつわん）に進駐して来たアメリカの兵隊さんで、中学卒業後の高校（旧制）１年の時でした。体が大きいのと金髪、さらに黒人兵に驚きました。

あとから英語の人が担任の原隆男先生であることがわかりましたが、困ったのは正課の体操（体育）を剣道にするか柔道にするか、そして課外（現在のクラブ活動）は何の部に入るかを申し込まされた時でした。

思いがけず水泳部へ入部

非力な私は柔道は無理そうなので剣道にしましたが、課外は美術部か文芸部をと答えました。すると画用紙や絵の具の購入が難しくなり、先生方も招集令状が来て軍隊へ行かれるので、美術部や文芸部は休止しているとのことでした。どうしても運動部なのでした。私は正直に体が弱くて鈍足で、小学校での運動会のカケッコは6年間いつもビリだったので無理だと思いますと、ありのままに答えました。すると、

「うん、素直に言ってくれたね。じゃあ、走るのが駄目なら、泳ぐのはどうだ」

と言われたので、私はあわてて、

「いいえ、1年生の時に左耳の手術をしたので、プールにも海にも一度も入ったことがありません。全然泳げないんです」

「ふーん、困ったねえ。でも教われば泳げるようになるかもしれないよ。走るのは体力だけだけれど、水泳は要領もあるからね、技術もあるんだよ。ちょっと待って」

と言って、先生は教室を出られ、少しして戻って来ておっしゃいました。

「いま、水泳部の部長先生に聞いて来たら、水泳部員は耳に水は入らないそうだ。基本を覚えれば、すぐに泳げるようになるから、水泳部に来てみてはどうかと言われた。とにかく一ぺん水泳部に入ってみろ。来週の月曜日がプール開きだそうで、その日にプールに行け。先生や先輩の部員が教えてくれるから」

私は一ぺんに憂鬱になり、なんでこんな学校に入ってしまったんだろう、木村先生は知っていたのかなと恨めしく思いました。

学生は白だが、水泳部員はエビ茶の褌（ふんどし）と決められているというので、地下の購買部で付き添って来た母に買って貰いましたが、帰り際に校庭に黒塗りの自動車がたくさん並んでいるのを見てびっくりしました。母が、ははあこれが民間の学習院と言われている証拠なんだねと言いました。生徒とお母さん達が乗り込むと、車が次々に裏門から出て行きました。

それは私にとっては異様な風景でした。下町では荷物を運ぶトラックがせいぜいで、まだ馬車が荷物を運んでおり、道路はほとんどが子ども達の遊び場で、男の子が三角ベースの野球などをし、女の子がゴム跳びをしたり、ゴザを敷いて、ままごとをしたりしていました。私が黒いタクシーに乗ったのは、少し前に亡くなった祖母のお葬式で、お寺と焼き場を行き帰りしたのが、たった1回だけでした。

父と兄に褌の締め方を教わり、水泳の選手だった兄に、畳の上で泳ぎ方を教えて貰ったりしましたが、母は食事の時や私と顔を会わす度に、大丈夫かい、溺れて死にはしないかいと繰り返しました。

「感動」の原点

そしてついにその日が来ました。恥ずかしくて更衣室の片隅で、そーっとエビ茶の褌を締めてプールの方へ行き、柱の蔭からこっそり先輩部員達の練習を眺めました。

驚いたのは同じ1年生なのに、先輩にまじって、私から見れば、猛スピードで泳ぐ1年生も何人かいたことでした。あきらめて、このままそーっと帰ろうと思っていたところへ、なんと運悪く原先生が来て、おう来たか、こっちへ来いと言い、私の腕をつかんで、プールサイドへ連れて来ると、大声で叫びました。

「おーい、皆聞いてくれ。この1年生は耳が悪くて、今まで一度もプールにも海にも入ったことがないんだけど、今度水泳部に入ることになった（笑声）。どうか皆で励まして、泳ぎ方を教えてやってくれ、いいな」

先輩達がどっと寄って来て私を取り囲み、「その梯子から水の中に入れ」「そこは背が立つ」「頭を水につけろ、顔だけじゃないっ」「もぐってみろ」「足の裏でプールの壁を蹴ってみろ」「足の裏を壁につけただけじゃだめだ。強く蹴ってみろ」「滅茶苦茶でいいから、手と足をバタつかせてみろ」「休むんじゃない」「息が苦しくても我慢しろ」など、次々に怒鳴り立てました。

原先生と水泳部の先生は、プールサイドのスタートのあたりに立って、じっと眺めていました。途中で原先生が床に膝を突いて上から言いました。

「いいか、ここまで半分泳いで来た。4メートル泳げたんだ。誰だって初めは息が苦しいんだ。でも我慢しろ。なにがなんでも、向うまで、あと4メートルだ。泳ぐんだぞっ」

私ははいとうなずいて、水にもぐりました。

なりふり構わず、両腕を振り廻し、両足をバタつかせ、前に進んでいるのかどうかもわかりませんでしたが、手の指先がプールの向うサイドにつき、私は途中3回ほど苦しくて立ち上りましたが、とにもかくにも泳ぎ切りました。拍手が起り、先輩が手を差しのべて、私を引き上げてくれました。

原先生が近づいて来て、両腕で私の頭を抱いて胸に引き寄せ、

「よくやった。泳げたじゃないか。皆のお蔭だ。水泳部の諸君、ありがとう」

と、おっしゃいました。私は頭を下げました。涙が溢れました。

「自分にも運動神経があったんだ。ボクは泳げるんだ」

これが私ひとりの自家製処世訓第1号。

「感動無しに人生はあり得ない」の誕生シーンです。

この実りが、50年後の「熊本県阿蘇郡波野村中江岩戸神楽三十三座」の徹夜21時間公演のラストシーンの光景につながって行くのです。ＮＨＫが、始まって間もないＢＳで徹夜中継してくれました。前にも後にも例が無く、これが全国各地の村おこしは心おこしからという考え方の原点になってくれたのでした。

プールのあの日から、戦争をはさんで、半世紀もの歳月がその間を流れました。私の体の中を、細い細い清流が中学・高校・大学及び放送局の経歴の間じゅう静かに底流し、そのすぐ横を、戦争、空襲、超食糧不足などの暗黒の泥流が、轟音（ごうおん）を立てて流れていたのでした。

村の人達と大勢のお客様が、抱きあって感動の涙を流された光景は、さらに4年後の平成5年（1993）4月25日の第1回「こころコンサート」のラストシーンでも見ることが出来ました。

障害者が、１０００人の県民の皆さんや２０００人の観客とともに、熊本県立劇場コンサートホールの舞台で、１３０人のボランティアオーケストラの伴奏で、全員小さな花束を手にして、テーマ曲「あなたの手をわたしに、わたしの心をあなたに（ユア ハンド マイ ハート）」（緒方洋子（おがたようこ）作詞、出田敬三（いでたけいぞう）作曲、鈴木健二監修）を、愛と感動と共に大合唱したのです。その光景を、私はすべての人と、そして、この世に生きていた自分と最後にお別れする直前の瞬間まで、瞼（まぶた）の裏に描くことが出来ると信じています。それは取りも直さず、私の90年の人生の中で最も輝かしかった戦中・戦後の10代の青春そのものだったからです。

やってみようとする「心」は誰でも持てる

先に挙げたスポーツ選手の皆さんは、半ば先天的に素晴らしい能力と努力する才能に恵まれた方達であるのは事実です。しかし、自分にはそんな才能は無いよと、自分自身に言い聞かせて、あきらめてしまうのは考えものです。

「志（こころざし）」という技術や形には無いけれども、何かに気づいて、やってみようとする「心」

あるいは「気持ち」を持つことは出来るはずです。

不肖私を例に取れば、全く泳げなかった中から、「感動」を原先生や先輩の励ましによって、偶然引き出して戴くことが出来ました。

「感動無しに人生はあり得ない」というモットーを自分に課し、60歳での定年退職後の人生は、この言葉を形にすることによって暮らして行こうと、55歳頃から考えていました。

「感動の原点」から50年の歳月がありました。他の村おこし事業や「こころコンサート」も私の青春の夢の具体的な形でした。

第7章　拾う神は自分の外側に、捨てる神は内側にいる

水泳に明け暮れる毎日

原先生と先輩部員の大激励のお蔭で、私は「泳ぐ」という能力を外側から与えられ、運動神経が自分にもあったのだと感じました。この体験は、生れてこの方私には全く無かった自信みたいな喜びを、体の奥深くに持たせてくれました。僅かプールの横幅の８メートルを、途中で苦しくて３度も立ち上ってしまって泳いだだけなのにです。

その夜は嬉しくて眠れず、蒲団の上でいつまでも泳ぐ恰好をしていたのを、いまも覚えています。そして、翌日からいつもより1時間近く前に家を出て登校し、朝礼が始まる直前まで、誰もいない室内プールでこっそりひとりで泳ぎ、夕方は練習が終っても残り、暗

くなって電気が一つしかついていないプールで、万一溺れても助かるように、プールサイドの壁に沿って、音や波が立たないように、ひとりで練習し、家へ帰ると8時過ぎでした。

4月に練習を始め、基礎体力が生れつき無いので、先輩達には25メートル以上も引き離されてではありましたが、7月の夏休み直前には、長距離も短距離もすべてこなせるようになり、泳ぐ度に自己ベストを記録しました。なにしろ出発は0（ゼロ）からだったのですから、泳ぐ度にベストタイムなのは当り前です。

その一方、幼稚園時代から始まって、あの長かった耳の手術あとの入院生活の間に、すっかり身についた習慣になっていた読書あるいは本好きの性格は、この水泳の間も続き、寝る前の1時間ないし1時間半は本を読みました。祖父の家にあって、大人達が楽しみで読む厚さが10センチ近くもある講談全集や、金色の表紙の落語全集もその中にあったのを、いまでも鮮明に記憶しています。

ところが、1年1学期の7月になって、初めての期末試験が近づくと、夜遅くまでひとりでこっそり練習してから帰宅し、食事やお風呂をすませてから本を読むと、試験勉強をする時間が全く無いことに気がつきました。

組じゅうのほとんどの子が山の手育ちで、中には校名が有名な小学校から来た子も10人近くいて、皆勉強が出来そうな子ばかりな気がしていました。まごまごしていると、試験の成績は一番ビリで、３学期の末には落第させられるかもしれないという不安さえ起りました。

水泳の練習は続けたいので、読書を一時中止しようと考えて、教科書やノートをひろげましたが、気がついたのは、試験勉強というのは、その学期に習ったことの復習に過ぎないということでした。

夏休みが終り、２学期のはじめに1学期の試験の成績が原先生から発表されましたが、私はなんと10番以内の上の中あたりでした。へえービリかと思っていたら案外だったので、そこで私は妙な決心をしてしまいました。

感じていた通り、試験勉強は復習に過ぎないので、授業中に先生の話をよく聞いていれば、別にやらなくてもよさそうな勉強であるような気がしたので、今後一切の試験勉強はしないで、成績もクラスで一番ビリでは落第の危険があるので、ビリから２番を目標にして行こうという決心をしました。気が楽になりました。

昭和16年12月8日の朝

しかし、2学期の期末試験も間近い12月8日。私はいつも7時丁度に家を出て、7時6分に総武線両国駅のホームに着き（今でも当時のままで存在しています）、7時8分の両国発中野行きの、始発ですからガラガラに空いた電車に乗って、隅田川を渡って、浅草橋、そして秋葉原、お茶の水、水道橋と過ぎ、両国から8分後には飯田橋駅に着いて下車。

そこから靖国神社方面のゆるやかな坂道を登って、7時半に学校へ着くという巡路を11月末のプール納めから練習が来春まで中止になる期間、つまりシーズンオフの日課にしていました。

この電車の中の8分間に、その学期に習った教科書ではなく、授業中に、あ、ここは覚えておこうと感じてメモを書いたノートを読むのでした。国語も英語も代数も幾何も物理も化学も、すべて1冊の大学ノートの中に書き込んでいました。カバンの中には、とうとう中学校生活が終るまで——それは戦争と空襲の中での生涯最悪の卒業でしたが——このノートと、その日に必要な教科書と、コンサイスの英和辞典だけが入っていました。

しかし、その日の朝、いつものように玄関の板の間に腰を下ろして、これが定まりの編み上げの通学靴の紐を結んでいると、突然隣の部屋の神棚の脇にあったラジオが告げました。

「臨時ニュースを申し上げます。臨時ニュースを申し上げます。大本営陸海軍部発表。本８日未明、帝国陸海軍は、西太平洋に於て、米英両軍と戦闘状態に入れり」と。

ラジオは何て言ったんだいと、台所から母が急ぎ足で出て来ました。戦争が始まったんだって。やってるじゃないか支那（現・中国）と。それとは別らしいよ。いやだねえ、戦争なんてしなきゃあいいのにという母の声を背にして、私は家を出ました。

西太平洋とはどの地域か

駅まで行く途中、私はふと気がつきました。ラジオが言った「西太平洋」とはどこかなということでした。電車に乗ってもずっと世界地図を想像していましたが、アメリカからは太平洋は西にありますが、日本からは東です。どうして日本の大本営なのに、アメリカから見た地図で発表したのか不思議でした。

大本営とは、陸軍と海軍と政府が一緒になって会議をする最高の場で、天皇陛下も出席されることがある場だと教わっていました。

学校へ着くと、真っ直ぐに2階の図書室へ行って、世界地図が載っていそうな本を次々にひろげて西太平洋を探しましたが、その当時の本には、どこにも書いてありませんでした。

天皇陛下は神様なのに、その神様がいる大本営でも、うっかり東や西を間違えて発表することがあるんだなと、私は「煉瓦」を「練瓦」と書いて、木村先生から何でもよく調べて書けと教えられた小学校5年生のあの時を思い出しました。

勇ましさを増す報道と変っていく暮らし

しかし、数日後に「大東亜戦争」と名づけられて、戦火は皇軍の大勝利のうちに南方へとひろがり、南京（ナンキン）陥落、シンガポール陥落には提灯（ちょうちん）行列が盛大に行われ、「進め一億火の玉だ」の標語が街に溢れ、天皇陛下の御稜威（みいつ）を八紘一宇（はっこういちう）に拡（ひろ）げることを目標にした戦争は、世界地図を見ると、マレー半島からインドネシア、さてはインパール作戦にまで広がって行きました。

せっかく習い始めた英語は、敵国鬼畜米英の言葉であるという理由で、2年生で打ち切られました。私が今でも外国語が不得手（ふえて）なのはこのせいです。

しかし、その一方では下町の店先から、食べ物や日用品が日を追って姿を消し、米をはじめ多くの品物が配給になり、灯火管制で街も家も暗くなり、プールの水は無くなって空っぽになりました。昭和18年（1943）10月、20歳の文科系学生は、ペンを銃に持ち替えさせられて、今でも時々テレビに映像が出る雨の東京・明治神宮外苑競技場での学徒出陣壮行会となり、その余波というか大津波の引き波で、中学は1年削られて4年制となり、おまけに学徒動員という名のもとに、4月1日からは、学校へは行かずに軍需工場に通わせられて、天皇の軍隊のための武器の生産に当らせられることになりました。

男子の中学校と同じように、女子の高等女学校の生徒も動員され、挺身隊（ていしんたい）と呼ばれました。

動員後は、朝両国で乗って秋葉原で山手線に乗り換えて巣鴨に行き、そこから市電にガタガタと揺られて志村という所で降りて、坂道を下り、草むらの中を歩いて、軍需工場に辿（たど）り着くようになりました。梅干しが一つだけ入ったお弁当箱をぶら下げてでした。

ところが、戦地の兵隊さんに最強の武器をという工場のエライ人の訓示はあっても、いざ作業場の中に入ると、一日中掃除以外は何の仕事も無いのでした。夕方になるとガランとした食堂に全員集められ、軍歌を一つ歌うと、それで解散、帰宅でした。

学校は月に2回ほど登校日があって、その日は午前中だけ行きました。

ところが、ラジオを通して、元首であり陸海軍統帥の大元帥であらせられる天皇陛下が臨席され、陸軍と海軍、それに政府から出席する大臣が集って会議をする「大本営」から発表されるのは「敵の航空母艦2隻を轟沈、戦艦3隻を撃沈、航空機50機を撃墜」などの大勝利ばかりでした。しかし、工場では何の仕事も無く、大本営発表と毎日の暮らしでは正反対になってきました。大本営発表が全部嘘でこてんこてんに固めたものだったとわかったのは、敗戦後でした。そのうちに発表の言葉の中に、「玉砕」というわが軍全滅を意味するらしい新語が入るようになってきました。

「ビリでなければいい」という考え方

試験勉強はすべて復習に過ぎない、皆が1番になろうとするから、あんなに無理して徹夜で勉強するんだ、無駄な努力だ、要するに上の学年や学校に進めればいいんで、ビリから2番目でも進めればいいんじゃないか、ビリは下手をすると落第させられそうだからなと考えた中学1年での思いは、そのまま旧制高校・旧制大学及び就職まで続いてしまいました。

ほとんどすべての、少なくとも男の子が抱いているはずの良い意味での競争心や向上心、あるいは努力などの自分の内側にある精神性を、私ははやばやと勝手に放り出してしまいました。

しかし、なぜかのちに高校も大学も、私がここだけは避けて通ろうとしたビリではありましたが、私を拾い上げて卒業させてくれました。さらに就職したＮＨＫは大学生時代は全く無縁の存在でしたのに、外側から手を差しのべてくれた感じで採用して下さいました。拾う神でした。但し定年の日まで、創立以来最も下手なアナウンサーという幻影につきまとわれ、事実ＮＨＫの問題児というレッテルを自分で自分に貼り続けました。

下手の証拠は、私はスポーツの実況以外のすべての分野の番組を担当させられ、バブルの時代には猛烈社員の典型のように週刊誌に書かれ、有給休暇は遂に一日も取れず、36年働いて迎えた定年の日さえも働いていたのに、自分が出演しているテレビやラジオの番組のビデオテープや録音を、現役時代も90歳代のいまも、一本も持っていないことです。ビデオは買ったのですが、全く使う気がしなかったのです。

理由は創立以来最低の下手なアナウンサー――事実そうでしたが――と自覚している恥を、テープでもう一度見て、恥の上塗りを自分で自分にすることはあるまいと感じていたからです。私にとっては、一つ一つの与えられた仕事が、無事済んでくれればそれで良かったのでした。ただし、私が目指した「感動」は、遂に36年間全く空白でした。私の内側にいた捨てる神からの厳(きび)しい鞭(むち)だったのでしょうか。

自分で捨てても他人に拾われる

本番進行中に、こっちの方がいいと自分勝手に感じると、台本にも打合わせにも全くなかったことを言ったり、カメラから外れて、とんでもない仕事をしたりするので、鈴木健二と仕事をすると、殺されるぞという言葉が、カメラマンやスタッフの間にひそかに流れていたことがあるのも知っていました。

それでも一方では、放送界最後の職人などと書かれ、博覧強記の国民的アナウンサーなどと、本人が思いもしない言葉が投げかけられるなど、捨てる神と拾う神がゴツンと鉢合せするような事態が、36年間に頻発しました。

ＮＨＫ発行の本にも、紅白歌合戦の司会で、これほどマスコミや視聴者から悪評を受けた人はいなかったと書いてある半面、60％に落ちた視聴率を、再び70％台後半までに引き上げ、後醍醐(ごだいご)天皇の建武(けんむ)の中興(ちゅうこう)をもじって、私を紅白中興の祖と呼んでいたのは、ＮＨＫ

の職員達でありました。

第8章　文明が人の心を分断する

何も持たない穴露愚人暮らし

どこかの章で少し触れておいた方が良いのかなあと書きながら思っていたのですが、出演のビデオテープを一本も持っていませんと告白したついでに、ここで少し私の暮らし方の一端を、恥ずかしながら告白しておきます。

実は私はビデオテープだけではなく、携帯電話もスマートフォンも持っていませんし、パソコンもカメラも、さらに36年間も1秒を問題視して番組をつくる仕事の最先端に立っているはずのアナウンサーを務めていたのに、あの当時もいま90代になっても、腕時計を持ったことがないのです。もちろん自動車もゴルフ道具も釣り道具もカード類も持ったことがありません。それには先ほどの試験勉強と似た形で、私自身の理由があるのです。

携帯電話への懸念

１９７４年（昭和49年）の初めの頃でした。某家電メーカーの技術研究所の主催で、ＮＨＫを通じて、新春講演会の講師を頼まれました。「科学と人間」というテーマで話しました。

終って控え室に戻ると、主催社の社長さんが、普通よりやや小さめの電話の受話器のような器具を持って来て言いました。

「これで極めて近い将来に、外国の人とまるで隣の家の人と話しているように話せる時代が来るはずです」と。

それが現在の携帯電話だったのです。私はびっくりして言いました。

「素晴らしいですね。この機械は通信によって人と人、人と世界を結ぶでしょうね。しかし、こうした文明の利器は、果てしなく「善」をひろげて行きますが、同時に「悪」も善と同じスピードで、同じひろがりを見せるものです。原子力がその典型だと思います。日本では広島・長崎の悲劇を生みだしましたが、アメリカでは原爆のために、戦争が早く終ったと、大統領さえ言っています。どうかこの機械が人間にどのくらいの幸福をもたらすかを徹底的に、今日お集りの全家電メーカーの方が論議なさって下さい。それをしないならば、この機器の製造販売はやめて下さい」と。

　昔は犯罪の陰に女ありと言いましたが、今は犯罪の陰に、ガラケーやスマホや様々な連絡のラインが多数あります。歩きスマホに至っては、すべての女性が生れつき神様から授かっているはずの「美しさ」を、自分自身で完全に破壊してしまっています。日本だけでなく、世界中の国で女性が美しさを自ら失ったとしたら、大損害です。

連絡は手紙と葉書で

　私は放送局の現役時代から90代のいまも、友人知人さらには出版社の編集者や記者の方との連絡は、常に葉書もしくは手紙を使っています。いつも持ち歩くカバンの中にも、常時10枚ぐらいの葉書を入れて、旅先からでも投函します。

　75歳ですべての役職を辞するまで、殊に60歳までのアナウンサー時代は、毎日午前11時から正午までを、全国から来る手紙や葉書などの投書の返事、電話での依頼の処理、色紙や揮毫（きごう）の依頼への毛筆に墨での書き込みなどで、完全にこの1時間を使わざるを得ませんでした。昭和36年からが確実にそうなったと記憶していますし、この負担が60歳の定年直後、すぐに東京と放送界を離れた原因のかなりの割合を占めました。

受信料を納めているNHKのテレビに、毎日のように出て来るこの人ならどう思うのでしょうかとばかり、様々な依頼、悩みの相談、商品の売り込み、進学・就職・転職の相談など、まるで人生の掃き溜めかゴミ箱のように来たのです。

中には原稿を送って来て、これを出版社に持って行って本にして下さいだの、箱一杯に自社製の商品を送って来て、これをテレビに出演する人達に渡して下さいだの、なんで一サラリーマンに過ぎない私に、こんなことまで言って来るのかと、腹立たしくなる1時間が、少なくとも30年間、毎日続いたのでした。精神的にも肉体的にも、さらに経済的にも重い負担でした。

私は辛抱して、一人残らず葉書で返事をしました。本来はNHKの職員ですから、郵便代と、毎日少ない日でも1社、多い日には5社も取材にやって来るマスコミの方へのたとえコーヒー1杯にケーキ程度のお茶代でも、接待費があるわけでも、応接室があって秘書がいるわけでもないので、NHK近くの喫茶店かやむを得ない場合は、廊下の椅子で、1社20分に限って取材に応じました。昭和43年には、家庭取材は一切お断りしました。テレビ放送が始まった初期の、昭和の私の生活状態の一面はこんなものだったのです。

原稿は手書きで移動中に

とにかく有給休暇が取れたのは、駆出し時代の昭和28年に1日と、31年に結婚のため3日だけのたったの2回でした。ＮＨＫで週休2日が行われていたのを知ったのは、実施後2年目に、長期外国取材のためのスタッフを編成している時に、人事部から外国でも可能な限り週休2日で働いて下さいと言われ、なんの話だいと問い返した時だったのでした。

この原稿もそうなのですが、手書きです。パソコンを持っていないのです。打ち方はちょっと習ったことがあるのですが、机の前に座る時間が無かったのです。

出版社さんが題名をつけてつくって下さった本が百数十冊ありますが、その原稿の98パーセントは、取材や出張の際に乗った新幹線、ローカル線の車中、遠距離の飛行機の中、レストランなどで注文した食事が運ばれて来るまでの僅かなすき間、時には駅のベンチや田舎のバスの停留所のコンクリの台に腰掛けて書きました。本をお書きになる作家先生方のように、ご自宅の書斎の明窓浄机（めいそうじょうき）に向ってだの、静養先の温泉でお書きになるような体験は昔もいまも全くありません。

「アメリカでは、赤ちゃんのほとんどは、自動車の中でつくられる」といういささか下がかった話があるそうですが、この赤ちゃんを原稿に置き換えたのが私の場合です。

情報はテレビと新聞から

テレビに昭和28年の始まりから昭和の終りの定年退職まで出演し続けていたのに、テレビを見る時間が無く、いまでもＮＨＫのニュースとスペシャル番組だけで、ドラマは朝ドラとか大河とか称されるものはほとんど見たことが無く、申しわけありませんが、民放さんの番組はテレビ発足以来ほとんど見たことがありません。

従って民放で活躍されているタレントさんは、亡くなられた永六輔さん、同じく亡くなられた大橋巨泉さん、漫才師の頃の北野武さん、35年前頃一度お目にかかったタモリさん以外、ほとんど顔と名前が合いません。もっともあちらも私のことなど知らないと思いますから五分五分です。

情報を集めるキッカケはテレビと新聞が主です。４Ｋ８Ｋとか８Ｋ４Ｋなどの受信器が宣伝されていますが、75歳以後年金暮らしをし、相次ぐ病気で莫大な治療費を支出した生活には、購入は無理です。

その半面、番組制作の苦労はいまでも身に沁みていますから、ははァ、いまの連中は神頼みで、８Ｋ４Ｋ（厄除け）をしたな、でも制作には４Ｋ８Ｋ（四苦八苦）してるなと同情しています。買えない私はゴマメの歯ぎしりです。そのせいで、90歳で入れ歯になりました。

しかし、私はそれほど時代に遅れているとは思っていません。複雑な中近東問題をテレビに出て解説しろと言われれば、二の足を踏みますが、他のことなら話は出来ます。

情報整理術を得たアナウンサー時代

それは36年間の放送生活の中の東京オリンピックをはさむ3年間、正午と午後7時と9時のニュースを担当させられたのが、多少は基礎になりました。

それまでのフィルムを映していた映画館のニュースと同じような形から、現在のような、アナウンサーやキャスターが直接画面に出て、ニュースを伝える形に移行しようとする時期で、報道局兼務にさせられた私は、報道局のそれまでの考え方を改めるのにずいぶん苦労したものでした。でも情報の摑み方や整理のコツなどは覚えました。

同時に「東海道新幹線開通」「黒四ダム完成」「首都高速道路貫通」「桂離宮」、少しあとになりますが、「アポロ11号月面着陸」など、画面が黒白だった初期の日本のテレビを飾った長時間中継番組には、すべてテレビのシーラカンス（古代魚）と呼ばれながらでも参加しました。何をどう伝えればいいのかの基本ぐらいは、いまでも身についていると思います。

基本になるのは読書です。これももとをただせば、中学で水泳を叩き込んで下さった原隆男先生のひとことが原因でした。

百科事典との出合い

入学した4月に担任されてから僅か3カ月後に、原先生に赤紙が来て、世田谷の連隊に召集されてしまいました。そして、戦地に向われるという知らせが来たので、私は数人の級友と面会に行きました。軍服姿の先生に私は質問しました。先生はいつもの優しい笑顔で答えました。

「先生。先生は英語でも話されますが、あの時は最初から頭の脳味噌の中で英語がつくられて来るんですか、それともはじめは日本語で、口から出る時に英語に変えるんですか」

「君は面白いことを聞くねえ」

「でも、日本人は日本語、支那人（現中国人）は支那語、フランス人はフランス語など、めいめい勝手で不便です。皆同じならいいのに」

「エスペラントっていうのも、あるにはある」

「へぇー、エスペ……ラント……ですか。そういうことを調べるにはどうすれば……」

「うん、そうだな。百科事典がいいかな」

　お別れしてから私は家ではなく、学校へ行き、図書室で百科事典を見つけ、その大きさ、重さ、厚さにびっくりしました。それまで私は世の中で一番大きい本は、電話帳と講談全集だと思っていたのですが、百科事典は大きくて重い上に、何冊もあるので驚きました。ページをひろげると、知らないことばかりでしたが、水泳のシーズンオフ中、私は朝学校へ着くと、すぐ図書室へ行って、百科事典のどれか一冊を取ってひろげ、その左右の２頁を、全然わからなくても読むことにしました。辞書は英語をもじって、字引く書なりと教わりましたが、私には読む本でした。

　これがおよそ12年後に、思いもかけず就職した放送局での番組作りに役立ちました。人生には歩いて行く途中で、過去の自分にめぐりあう時があるものです。これも木村先生と原先生のお蔭です。ヒントを与えられたのは、両方とも数秒間の言葉だったのですが。

もしかしたら、こういうのを、私が最も愛している言葉、ゲーテの「瞬間(とき)よ止れ！　汝はかくも美しい」の現実的具体的行為なのでしょうか。そうに違いないと、今思っています。

情報収集に役立つのは本

ガラケー、スマホ、パソコン、カメラその他、いまどこの家庭にもあり、小学校の子どもさえ持っているものを全く持っておらず、相も変らずボールペンで、この原稿も手紙も葉書も書き、時には毛筆も使っています。年賀状は数十枚でも時には100枚を超しても、その年にお世話になった方達や、熊本や青森にいる私が心友と呼ぶ人々に、必ず墨と毛筆で手書きで送ります。こういった習慣を、かたくなに守ろうとする暮らしは、まるで江戸時代の人のようではないかと自覚しています。

しかし、時代には遅れていない気がしています。ラジオやテレビ、新聞や週刊誌・月刊誌、あるいはスマートフォンなどから得た情報は、限り無く広いでしょうが、薄いのです。しかも、誰もが持っているのです。浅いのです。

情報で大切なのは、経験的に申しますが、深く知っていること、時には自分だけが持っていることなのです。そのために必要なのが、本なのです。読書です。私は70歳から75歳までの5年間ですが、図書館の館長を務めました。

そして、「自分で考える子になろう」を旗印に、町や村を巡回し、小学校で押しかけ授業をさせて貰いました。教材を手作りして理科と算数を子ども達と勉強し、最後は図書館にあった発明王エジソンの少年時代の紙芝居を、私自身で語りながら見せました。

エジソンは「自分の発明のすべては、少年時代の読書にあった」と言っているからです。

この「自分で考える子になろう」は、いま日本の教育の中心テーマになってくれています。しかし日本の教育は私が受けた小学校中学校時代と同じく、先生がおっしゃったことに、一番近い答を書いた子が優等生といういわゆる「口伝（くでん）」が、依然として中心なのです。

授業中に私は何度も繰り返して言いました。

「答はいくら間違っていてもいいんだ。あとでもう一度自分で考え直したり、友達と一緒に考えたり、先生に聞いたりして、正しい答を覚えればいいんだよ。思いついたり、考えついたりしたら、すぐに手を挙げなさい。それはその時の自分ひとりの考えだからね。一番いけないのは、誰かが答えてくれるだろうと思って、考えもしないし、手も挙げない子だよ」

授業が終ると担任の先生が、あれだけ何回も答は間違っていてもいいから、自分で考えて手を挙げなさいと言うと、いつも教室で全然手を挙げない子まで、はいっと挙げるようになるんですねと言って下さいました。

その日は帰りに子ども達が図書室の本を借りて帰るので、本棚が空になりましたとか、本を読むことにしましたという感想文が、先生や子ども達から寄せられました。

図書購入費の、1人につき1円の捻出

この押しかけ授業は無料で、これまでに200校ほど廻りましたが、代りに私は、図書館が県立でしたので、県知事に、来年度は県民1人につき1円だけ図書購入費の予算を県立図書館に下さいませんかとお願いし、実現しました。3年目には知事の方から、1円50銭にして下さいました。

このお金で私は新しい図書館のあり方を目指しました。江戸時代風の暮らしをしていた私ですが、それはなんと日本で最もたくさんAIやITの資料や本、世界中の研究書がある図書館でした。ひそかに関係機関や会社や研究所も調査しました。

ところが突然、知事が交代し、新しい知事によって、この1円または1円50銭増額の予

算は、私には無断で方針が変更されて、抹消されてしまいました。私はやむを得ず「75歳までは働く」という10代の青春からの決心通りの年齢にもなっていましたので、そちらを理由にして、七色の雪が降る津軽に、25年前の旧制弘前高等学校卒業以来２度目の別れを告げました。目標を立てても、偶然という曲り角で、目標がすぽっと消えてしまうこともあるのが人生なのかもしれません。

90代に入ると、それまでと決定的に違うのは、ああ、あと10年足らず生きてりゃいいんだという、理窟にはならない気分が、体のどこからか湧いて来ることです。80代までのなんとかして生きようなどという気負いが消えてしまうのです。もっともその代償として、足腰の力が衰(おとろ)え、自分の周囲から、ついこの間会ったはずの友人や知人が、次々に住所録から姿を消していきます。

第9章　わが生涯から抹消したいあの2日

人生を直角に曲げた2つの出来事

人は生れてから身心の成長と共に、様々な体験を経ながら、真っ直ぐな道を歩いて行きます。

すると突然、偶然と呼ばれる予期せぬ出来事にぶつかり、そこで直角に向きを変え、新しく出来た必然の道をまた真っ直ぐに歩いて行く。するとまた偶然にぶつかると前に書きました。

しかし、私には偶然と言えば偶然なのか、それとも、この日本に生れて、戦争の中に放り込まれて暮らしていれば、あのことは必然的運命だったとしなければならなかったのかどうか、出来ることなら、命ある日々のいまのうちに抹消したい日が2日あります。

たとえば私が100歳まで生き、仮に一年を365日としますと、100年だと3万6500日生きたことになります。しかし、最後に脳死でも心臓死でも構いませんが、その直前に、その数からこの2日を引いて、鈴木健二は99年と363日だけ生きたことにして貰いたいくらいなのです。

その一日は、中学4年、勤労動員で学校には行かずに軍需工場で働かされていた昭和19年秋、数え年16歳の時。明治から大東亜戦争敗戦までの日本の教育を支配していた「教育勅語」について質問したところ、学校の先生に、脳天の真ん中を強打されたという私の人生における最大にして最低の事件の日です。もしかして、いま私の頭のてっぺんに、一本の髪の毛も生えていないのは、この時の強打による毛髪細胞全滅の後遺症ではないかと疑うくらいなのです。呵々々々！

それは冗談としても、これは教育について、生涯忘れることの無い、それこそ地獄の果てまで持って行って、エンマ大王に良否の決着をつけて戴きたいほどの体験なのです。

もう一日は、それから僅か4カ月後、数え年17歳の昭和20年（1945）3月10日真夜中の、あのアメリカの大型爆撃機B29による無差別爆撃を受け、猛火烈風の中を、父と母と3人で、這うようにして逃げ、1時間半も焼夷弾が身の周りに無数に火を吹いて落下し、目の前で人が火焔に包まれ、この世の人とは思えぬ声で絶叫しながら、生きたまま命を焼かれ、地面をのたうち廻って死んで行く残酷な光景を見続けさせられた一日。この合計2日です。

教育勅語への疑問

前者は毎日工場に通っても全く仕事が無いので、空の木箱を積んで囲いをつくって、その中でほぼ一日中本を読んでいた頃のことです。その中の一冊に「教育勅語」全文が掲載されていました。

小学校の時、天長節（天皇誕生日）などの式の日に、校長先生の朗読でよく聞かされていたので、懐かしく読んでいるうちに、ふと気がつきました。

「朕惟フニ……」から始まります。朕は天皇の第一人称、言うなれば「私」。そのあと、いつの時代でもどんな社会でも、人間として守るべき道徳の徳目がたくさん並べられているのですが、しめくくりに、「一旦緩急アレハ、義勇公ニ奉シ、以テ天壌無窮ノ皇運ヲ扶翼スベシ」と書いてあるのでした。つまり、戦争などが起ったら、積極的に参加して、天皇陛下と皇室を守れというのです。

私はむしろ、それまでに身につけた道徳を生かして、日本または世界の人々の幸福や進歩に貢献しなさいというのが本筋ではなかろうかと、直観したのでした。それを月に1回か2回あった登校日に、先生に質問したのでした。ところが、先生はベニヤ板が表紙に使われていた出席簿を、大上段に振りかぶって私の頭のてっぺんめがけて力一杯振り落し、私は頭蓋骨の中が真空になった感じでよろよろとよろめき、辛うじて傍らの机にしがみついて倒れました。

当然血気盛んな少年だった私は、倒れた瞬間に「天皇陛下のためになんか死ぬものか」と、心の中で猛烈な反撥心を起しました。これは、当時の日本の社会や国民精神から見れば、反動であり反逆であり、何よりも不忠な考え方でした。そこでその思いを先生や友達に話すこともせず、自分の内側に深く秘めました。でも心の暗さは、僅か4カ月後の惨虐な空襲につながって無限に盛り上ったのは事実です。

この偶然から私は中学生ながら、直角に一気に曲げられて、憂鬱の道を直進することになりました。しかし、さらに新しい偶然がぶつかって来てくれて、私は暗黒日本の中で、ひとり光明の道を津軽は弘前で3年間歩けるようになりました。そして、その終点にあったのが、「愛」という言葉でした。

昭和20年3月10日の東京大空襲

東京大空襲で死の一歩手前まで行ったにもかかわらず、３年後、戦中・敗戦及びその後の日本の歴史の上で最悪だった社会の中で、旧制弘前高等学校学生自治寮「北溟寮（ほくめいりょう）」の新しい寮規約の第一条に、19歳であった私が、「寮の根本精神は『愛』である」と掲げたことが、私のこれまでの人生最高の仕事になりました。

このことから、敗戦の日と戦争そのものを含む狂乱の時代が、いかに多くの必然と偶然を日本人に強烈にぶつけて来たか、また振り返って、私もその怒濤（どとう）に巻き込まれた一人であることが、いま改めて自覚されます。それがこの本を書くきっかけになっているのではと思う次第です。

あの僅か3時間のうちに、10万人もの銃後の国民が――それは神であった天皇陛下の赤子（せきし）であり臣民であったのですが――眼をそむけたくなる無残な焼死体や隅田川などでの溺死体となりました。この時の話は『最終版　気くばりのすすめ』にも書いています。

少し東の空が白んだ頃、私は父と母を両国駅ホームにたまたま停車していた一輌の客車の中に休ませ、ここから動かないでと念を押して、果してわが家と父の会社工場がどのようになっているかを確かめるために、ホームを降り、市電の電車道を横切って、わが家の方に向いました。

まだ硝煙が低く垂れこめていましたが、私が生れ育った故郷下町は、完全な焼野ヶ原と化し、陽が昇るにつれて見渡せるようになって来た東西南北に、私の母校の小学校の建物と、遠く浅草の松屋デパート以外、何も無い平地となって、くすぶっていました。

そして、一握の灰と化したわが家の跡に立った時、なぜか一つの思いが胸のあたりからこみ上げて来ました。

「この戦争が完全に終るまでには、１００年の歳月がかかるだろう」

その時、数え年17歳の中学生にしては、いま思うと、いささか大人びた感慨であり、なぜ１００年だったのか、自分でも分析不能ですが、事実は事実です。平成31年（２０１９）もしくは令和元年（２０１９）と書くべきか、まだあれから１００年には４分の１を残しています。つまり、私の中で戦争は終っていないのです。

通りを２つ越せば母校の二葉小学校で、学校は鉄筋コンクリートの３階建てだし、見た目には焼野ヶ原にしっかりと建っているし、水道の水も出ているだろうから、中へ入って少し休ませて貰おうかと、近づいた私は気を失いそうになって、よろけてしまいました。校舎と塀の間にある幅３メートルほどの道に、焼死体が無数に転がり、ガラスが溶けて中が丸見えの教室にも、その向うにある校庭やプールにも、死体が折り重なっていたのです。

無意識のうちにそこから逃げ出した私の足が、開いていた校門の前で、思わず止まりました。そこにまるで１本の丸太ん棒を倒したように、真っ直ぐのまま倒れている黒焦げの死体が、なぜかうつ伏せになって転がっていました。

両ひじを地面につけ、頭蓋骨になった顔の額（ひたい）を地面につけていました。かすかに胸のあたりに隙間（すきま）が出来ていたので、何かが入っているのかなあと、すでに多少の遺体を見て来て何も感じなくなっていたらしい私は、そのすき間をのぞき込みました。

するとそこに小さな小さな灰色に焦げている遺体がありました。赤ちゃんです。背中を地面につけ、両手両足を真っ直ぐに上に伸ばし、まるでお母さんのおっぱいを欲しがっているような形で、お母さんの胸の下にいました。

たぶんお母さんはここまで逃げて来て、校内に入ろうとひしめいていた群衆に押し倒されたか煙に巻かれたかし、赤ちゃんだけは、わが子だけはと、必死に胸に抱きしめたのですが、煙に巻かれて倒れたのでしょう。火はじりじりとお母さんの全身を完全な焼け木杭にするまで焼き、赤ちゃんもきっと小さな力を出し切ってお母さんに抱きついていたのでしょうが、両手両足をお母さんに向って懸命にさしのべたまま焼かれていったのです。

私は思わず両膝を地面に突き、手を合わせて合掌し、さらに正座して深く頭を下げ、お母さんありがとう、赤ちゃん、いつまでもお母さんと一緒にいてね、と祈りました。

この時、私の信条の一つである「人間は生れ故郷とお母さんを大切にして生きて行けばいいのだ」という言葉が心の中に湧き出たのでした。

自分の生れ故郷の下町が、全く焼失し、あのお母さんの姿を見た時、人間にとって、ふるさとと母親は、何の理窟も無く、生れる以前からのすり込み現象のようにして、心の中につくられた神様からの最高の贈り物なのだと感じたのでした。父親の死は、一人の男が別の世界へ新しい仕事をしに行ったのだと割り切れるのに、母の死は無性に悲しいのです。

大空襲後の混沌

下町は一軒残らず丸焼けになったけれど、九段の靖国神社から上の山の手は焼けていないそうだ、やっぱり護国の英霊だという、見て来たような情報がどこからか流れて来ました。デマかもしれないと思いつつ、父と母と私の３人は焼土の上を、まだくすぶり続けて低く這う硝煙の中を、牛込簞笥町にいるはずの母の妹で、筑前琵琶の師匠をしていた人の家を目指して、とぼとぼ歩き始めました。

夜遅く神楽坂の急坂を登って下りて、飲まず食わずでその家を探し当てた時には、綿の如くに疲れ切っていましたが、母と叔母は生きててよかったと抱きあって泣きました。もはや残っていたのは、２人の涙を流す力だけでした。

ところが、このあと３月31日までを、どのようにして過したか、いまいくら辿ろうとしても、私の脳の中に記憶が残っていないのです。

思い出せるのは、中学の卒業式があったはずなのですが、出席出来る状態ではなかったこと。４月１日に始まる弘前高校（旧制）に安否を知らせようにも、電報や電話はもちろん通じず、手紙を出すにも、便箋も封筒も切手も無く、出るかどうかわからない汽車に乗って、直接報告に行くより仕方が無かったこと。ただしもし途中で空襲があったら、乗客全員が汽車から降ろされて、線路際に退避するが、それを狙って、太平洋にいるらしいアメリカの航空母艦から発進した双胴のグラマン戦闘機が、容赦無く機関銃の掃射をして、多くの人が殺されるという話でした。

当時は空襲が激しくなって、どこの大学も、全国に40校ぐらいしか無かった高校も、ほとんど休講状態になっていました。しかし弘前高校には、支那（現・中国）で日本軍が占領した地域――大東亜共栄圏と呼ばれていました――からの留学生が文科に何人かいるために、授業は続けられ、入学試験も行われるというので、私は受験し、合格していたのです。いつ、どこで、どういう試験があったのか記憶がほとんどありません。覚えているのは、小さな俵を担いで、50メートルほど走る体力検査らしいものがあったことぐらいです。

直前に文科系には理数の試験は行わないという文部省の発表があり、この科目がその頃もいまも大の苦手だった私は、ひとり万歳を三唱どころか、三十唱ぐらいしたのははっきり頭の中央部に残っています。

弘前へ旅立つ

本来ならば、机や蒲団や衣類を入れた柳行李（やなぎごうり）等の荷物を寮に送らなければならないのですが、なにしろ無一物無一文です。とにかく弘前まで行かなくてはこの先どうやって生きて行くのかもわかりません。

父は、関東大震災（大正12年・１９２３）の時は、家も商売の呉服もすべて焼けた上に、当時で5万円の借金（いまの金額ならば、5千万円ぐらい）を背負った、今度は一銭の借金も無いから気が楽だと言っていました。そしてあちこちを走り廻って金策し、東京─弘前往復の汽車賃10円、入学金10円、寮費９円、着いたら古着屋で蒲団を買えと合計35円、そして万一に備えてと5円、総計40円という大金を私に渡してくれました。私は生れて初めて自分のお金を持ちました。東京下町の商家の習慣として、お年玉以外は小遣いは一銭もくれなかったのです。１銭で見られた紙芝居も、私は一度も見たことが無く、お年玉は貸本にほとんど使いました。10銭出せば、１カ月に何冊でも貸してくれました。

３月の寒空の中で空襲の無いことを祈りながら、切符を買うために、上野駅の公園口に徹夜で長い行列をつくって並びました。やっと片道が買えると、全速力でホームに走りましたがすでに超満員で、窓からやっと車内へ引っ張り込んで貰いました。

お金の他に持っていたのは、叔母がくれた小さな布袋の中に入れた一升の大豆だけでした。その時は日本中どこの宿屋でも、主食の米を出さないと泊めてくれないとのことでしたが、焼け出された罹災者（りさいしゃ）には米の配給は無く、叔母が近所で分けてもらったこの大豆が命の綱でした。但しこの量では一泊分だけです。汽車の中も、18時間立ったままでした。ロッキードによる空襲が無かったことが、不幸中の幸いでした。

雪の街と静けさ

「すろさぐー、すろさぐー、おちるかたがしんでがら、おのるくらさいー」

トイレの扉に背中をつけ、やっとしゃがめて、うとうとしていた私は、聞き慣れぬアナウンスではっと目をさまして飛び降りました。

駅員に高等学校へ行く道を教えて貰い、駅の外に出ました。生れて初めて見る雪の街でした。道の真ん中は除雪してありましたが、家々の屋根には雪が積り、道の両側は雪が高く積まれ、その後ろの家々は見えませんでした。低い軒の屋根がずーっとくっついて、長く続いていました。

角を曲った所で私は思わず立ちどまりました。正面に津軽富士の岩木山が、まだ雪を被(かぶ)ったまま高々と聳(そび)えていたのです。町の中心だと教わった土手町(どてまち)を横切り、富田(とみた)町を歩きましたが、ふと気がつきました。静けさにです。陸軍の弘前師団が学校に隣接していると聞きましたが、兵隊さんの姿はなく、頭の中が真空になったのかと思うほどの静けさなのです。東京下町の喧噪の中で生れ育ち、それこそ天を焦(こが)す猛火烈風に追われて、這いながら逃げた体験を持つ私からは、全くの別世界でした。

こういう静けさの中で生きてこそ、人間は人間らしく生きられるのではないかと思いました。この時、全身で感じた静けさへの想いは、90代の今日まで続いています。

静けさを楽しむ東ドイツの小さな街

いまからおよそ50年前、初めて津軽の地を踏んでから約30年後、私は東西冷戦のさなかに、取材どころか入国さえも困難と思われていたソビエト（当時）やインド、東西ドイツや東西ベルリンなど、東欧国に生きる人々の暮らし方を長期にわたって取材する仕事を命じられて、初めてヨーロッパの国々を訪ねました。

東ドイツの小さな街でのことです。夕方、綺麗な小川が流れ、岸辺にはベンチが置いてあったので、そこに座って、暮れなずむ夕景を眺めていました。少し川上に小さな橋がかかっていました。そこへ３歳か４歳ぐらいの可愛い女の子と若いお母さんがやって来ましたが、女の子が駆け出して橋を渡り、私がいるベンチの横へ来ると、

「ママ、ここよ」

と、元気な声で叫びました。すると私のそばへ来たお母さんは、しゃがんでお嬢ちゃんと眼の高さを同じにすると、ゆっくりと言いました。

「いつも言ってるでしょう。ここは皆さんが静けさを楽しみに来る所なのよ。あなたがそんなに大きな声を出したら、このおじちゃん（私のことです）が喜ぶと思いますか」と。するとお嬢ちゃんは私に向って、「ごめんなさい」と言って頭を下げました。

私の極めて低いドイツ語の能力では間違っているかもしれませんが、情景そのものは正確です。私はお嬢ちゃんに「ありがとう（ダンケ）」と言いました。

この子は小さいながら、静けさとは何かを感じ取っているのです。お母さんも恐らく子どもの時から静けさを両親から教えられていたのでしょう。

家の中でも社会でも、騒々しくするのは簡単です。テロも戦争も、突如として、大声を出して、起るのです。私が体験した支那事変（日中戦争）も、盧溝橋（ろこうきょう）の一発の銃声で始まり、大東亜戦争も、ハワイの奇襲で幕が開けられました。世界各地で起るテロも、一人または数人の犯人によって、思いもかけない所で、突然起ります。

しかし、欧米文学には、よく「森へ行こう」という言葉が出てきますが、静けさに包まれた森は、一朝一夕には出来ないのです。

西ドイツの都市計画

初めて西ドイツに入り、首相はじめ要路の方達の話を聞く機会がありましたが、驚いたのは、日本ではまだ誰も21世紀などは、ニの字も口にしなかった１９７０年代でしたのに、西ドイツには政府の中に、「21世紀委員会」が設けられ、すでにかんじんな問題は討論済みだということでした。

まだ国の機密に当る部分もあるというので、中身は話して貰えませんでしたが、当時の日本の一極集中に対して、家庭と職場の距離が遠くならないように、人口１００万以上の都市はつくらないように努力し、都市の周囲には森を必ずつくり、市民が静けさの中で憩えるようにしたいという発言を聞いていて、ここが日本人との大きな違いだと思いました。日本はただ人が集中して、街が賑やかになればいい、観光客が大勢来て、お金を落してくれればいい、が主流です。民主主義ではなくて商業主義国なのです。

同じ敗戦国なのに、歴史的に何度も戦場になった経験の違いもあるでしょうが、長い封建時代に、上から下へとつくられて来た封建社会の日本と、下から上へと市民が積み上げて来た西欧の社会の違いでもありましょうか。

北国に訪れた春

話が元へ戻りますが、やっと学校へ着くと、授業の開始日が少し遅れることになったから、今夜は市内の旅館を紹介するのでそこへ泊って、その間に準備をしておくので、明日から寮の一室へ泊りなさいとのことでした。この事務員さんの親切はわかりましたが、話す津軽弁を理解するのは、容易ではありませんでした。異郷へ来たのだという感じが湧きました。

学校が始まるまで、毎日のように30分ぐらい歩いてお城（弘前城）を見に行きました。中学は東京の九段にあったので、靖国神社越しに、近衛師団が常駐していると聞いていた宮城（きゅうじょう）の石垣が少し見えました。宮城よりは遥かに小さくても、このお城の中を歩き、天守閣を見たり、深い堀を渡る赤い橋の上で、少し蕾を萌え出させて来たたくさんの桜の木を眺めたりするのは心が安まりました。

北国では春の足音は遠くからではありますが、かなりの速さでやって来るとみえて、岩木山の雪は日に日に融けて、津軽富士は暖かい山容を現し、それにつながる山脈は、少しのちの敗戦後に、この街に住む作家の石坂洋次郎（いしざかようじろう）さんが、新聞に連載した小説『青い山脈』の名の通り、蒼（あお）くおだやかな稜線を描いて連なり、野づらは緑にひろがり、やがて、リンゴ園の木々が、小さな蕾を見せ始めました。

私は静けさとともに、東京の下町とは遠く離れた津軽に、こころのふるさとを得ました。

あれから70年以上の歳月が流れたいまでも、私は津軽をこころのふるさととしています。津軽という、あるいは弘前という言葉を聞き、文字を見ただけで、ほっとした気分が、体じゅうにおだやかにひろがって来るのがわかるのです。これが、「人はお母さんと生れ故郷を大切にして生きればいいのだ」と、基本的には気が弱くしかも気の小さい私が、人に自信を持って書いたり話したり出来る礎（いしずえ）になっています。

第10章　「意志」と呼ぶ強く清澄な心

40年ぶりの水泳

中学1年入学早々に、原先生と先輩水泳部員の激励のお蔭で覚えた水泳でしたが、戦争が始まったため、プールで泳げたのは3年生までで、4年生は勤労動員で工場に追いやられ、旧制弘前高校にはプールが無く、津軽半島は海に囲まれているのに海水浴場は無く、大学そして社会人になってからは、世の荒波が猛り狂って、死ぬほど揉まれ、泳ぐ時間が全くありませんでした。

ところが60歳の定年間際に、「雪の降る街を」の作詞で有名な内村直也さんと対談することになり、心臓にペースメーカーを入れていた内村さんが、水泳で健康の回復を図っているので、番組の終りに2人で泳いで下さいと注文されました。
40年間泳いだことがない私は、まさかエビ茶色の褌（ふんどし）というわけにもいかないので、一番大きい水着を買って泳ぎました。昔取った杵柄（きねづか）で、われながら上手に颯爽（さっそう）と泳げたなと、ひとり低い鼻をうごめかしましたが、翌日から視聴者の投書が続々と舞い込みました。最も多かったのは、

「豚も泳げるということを、初めて知った」

でした。中に1通、「なんでもお出来になるんですね。素敵な泳ぎ方でした」というのがあったので、この方にだけ、いつもの筆書きで礼状を送り、あとはすべてこの時に限り破棄しました。

なぜこんなことを90代の今日まで覚えていたかというと、この礼状を出した1通の他に、もう1通私の生き方にかかわった重要な手紙が少しのちに来たからです。

寮歌を歌う夕べ

その話をするのには、話はまず弘前高校入学の昭和20年4月にさかのぼります。
授業が始まり、1年生も皆「北溟寮（ほくめいりょう）」と呼ばれる学生自治寮6棟（当時）に入りました。

そして、1年生の指導のために、仙台市近くの多賀城(たがじょう)という町にあった軍需工場に勤労動員されていた2年生の中の15人ほどが寮に帰されて来て、規則や暮らし方を教えてくれました。

その中で最も愉快だったのは、夕方になると廊下に集って教えてくれる寮歌でした。創立以来、毎年秋の記念祭ごとに作詞作曲を寮生が行って来たのでたくさんあるのを、代々の口伝(くでん)、つまりアカペラで、蛮声をあげ高歌放吟して伝えられて来た歌です。

　津軽(つがる)の野辺(のべ)に　秋立ちて
　落日(らくじつ)山に　映(は)ゆる時
　ひばの林に　独(ひと)り居て
　濁(にご)れる人世(ひとよ)　あざければ
　胸(むね)に嗟嘆(さたん)の　涙湧(なみだわ)く

それは、空襲で僅か3時間のうちに、忠良なる**臣民**から、一滴の水も一粒の豆も無く、見渡す限りの焼野ヶ原をさ迷い歩く流浪の**貧民**と化した日の前日まで工場の食堂で歌わされた軍歌、

　わが大君(おおきみ)に　召されたる

命栄ある　朝ぼらけ
讃えて送る　一億の
歓呼は高く　天を突く
いざ　征け　強者　日本男児

とは天と地とほどの違いでした。寮歌には自分一人で思い、その中で思索する人間らしい個人の自由のような感覚がありましたが、軍歌には「天皇陛下の御為、国のために死んで来い」という愛国主義を強制された冷たい野心だけがありました。

ところが、指導した先輩から、次のような話を聞かされたのでした。

「あのなあ、おとしの学徒出陣ていうの知ってるか。わが校からも戦場へと旅立って行った先輩達がたくさんいた。いま、どうしているかなあ。

仙台の東北帝国大学でも送別会が行われた。講堂に全学生が集ったが、通路には取締りの憲兵や警官が、ずらりと立っていたそうだ。しかし、大学を代表して壮行の辞を述べた法文学部長の阿部次郎教授、そうだ、『三太郎の日記』を書かれた先生だが、こう言われたということだ。

『諸君。君たちの本分は戦場には無い。諸君の本分は学問にある。諸君全員が大学へ帰還するまで、私は大学を死守する』

本来ならば、その場から憲兵警官に拘引されて、牢屋にぶち込まれても当然。だが、先生の毅然たる態度に、彼等は手も足も出なかったそうだ」

聞いていた私は身ぶるいして、すぐに図書館へ走って行き、『三太郎の日記』を借りました。以来この本は90代の今でも、私の座右の書となっています。

阿部次郎教授の教え

そして、大学受験可能となるや、本来ならば私は東京生れで両親も住んでいましたから、東京の大学を志望するのが筋道です。しかし、阿部先生が東北大学名誉教授となられ、年に一回秋頃に集中講義をされるそうだという噂を聞き、例によって受験勉強はせずに、ためらわずに東北大学法文学部（当時）美学美術史学科に願書を出し、幸い合格しました。

しかし、先生の病い篤く、講義は入学直後に中止と決りました。私は「仙台市広瀬川橋の下5番地」という奇妙な所に下宿し、友達にそのことを葉書で連絡すると、必ず、「なんで橋の下に住むようになったんだ、食べるものはあるのか」という返事が来ました。ある日、そこからほど近い先生のお宅を直接訪ねました。なんとしても、あの大演説をなさった先生に、ひとめお会いしたかったのでした。

その時の先生の言葉が、私の生き方や人への接し方の大きな一助となっているのです。

「君はこれから3年間、人類の財産とも言うべき芸術作品をテーマに美や芸術の研究を続けて行くが、君が大学を卒業してのち、君が美学や美術史を学んだことを知って、この絵はどのくらいの価値がありますかと、作品を持ち込んで来る人があるかもしれない。しかし、それは君が学んだ世界的作品よりも遥かに低い価値しか無いだろう。でも持ち主にとっては、何ものにも代え難い価値を持っているものだ。

芸術作品にしても、人に対しても、欠点を探すのは簡単だ。しかし、大切なのは、まず、美点や長所を探す努力をすることです」

この言葉は、私が弘前高校時代に、寮生３００人の物心両面の世話をする寮務委員長に推挙され、規定では半年交替のところを、卒業まで丸2年近くも務めさせられた時に、自戒の教えとして、実践して来た福沢諭吉の言葉、

「人間がこの世の中でしてはならない行為は、他人の人格を誹謗（ひぼう）することです」

とどこか共通していて、私は嬉しくなりました。

この教えを戴いてからおよそ45年後、私とほぼ同い年の先生のご息女の方が、仙台にお

住いとわかり、漸くご住所が摑めたので、先生とお会いした時のことを手紙に書いて送りました。すると、お返事のお手紙と冊子をお送り下さり、その中にあの「壮行の辞」が書かれていて、私はあらためてわが青春10代の心の輝きを思い起したのでした。私にとって重要なお手紙でした。これが前に申し上げた手紙だったのです。

丁度その頃、東北大学（新制）は文学部が創立80周年を迎えたということで、その記念講演を依頼して来ました。私は跳び上って驚きました。なにしろ授業にはろくに出席せず、成績はたぶんビリで、卒業式にも出なかったせいで、卒業証書も戴かなかったのです。再三辞退しましたが、最後には文学部長が来られての直談判になり、結局私は恥を忍んで久しぶりに大学へ行き、阿部先生とのめぐりあいの日のことを話しました。ご息女は体調をこわして来られませんでしたが、代りに客席にご主人が聴きに来られました。先頃物故されたロナルド・キーンさんの姿も見え、恥ずかしながら、のちに東北大学新聞に、1ページを使って、私の話が全文掲載されました。私一人が知る青春の実りでした。

男女別学が当り前だった時代

令和のいまとなっては、古い日本人の証明であるようなのが、尋常小学校、旧制中学、旧制高校、旧制国立大学の出身である私です。女の子が学校の中にいたのは小学校だけで、それも「男女七歳ニシテ席ヲ同ジュウセズ」の中国風・論語風の観念１００パーセントの時代でしたから、女の子と男の子は別々の組でした。卒業すると、男の子は中学校へ、女の子はなぜか「高等」がつく高等女学校へ進みました。そして、全国に50ほどあった国公私立の高等学校と、7校しかなかった国立の帝国大学には、女子学生は極めて少数の例外を除いて、ほとんどいませんでした。

結局私は社会人になった24歳（昭和27年）まで、母親以外の女性と話をする機会がありませんでした。もっとも江戸時代は2、3年おきに大火事があったので、熊さん八っつあん達は火事の多い冬になると、オカミサンや子どもを実家のある田舎へ帰したらしく、「江戸の冬は女日照り」という言葉が残っています。その点からすれば、私の子どもから20代半ばまでの人生は、一年中女日照りの冬だったことになります。

しかし、私には17歳からいま90代に至るまでの長い歳月にわたって、私の心の奥深くに沈潜している人がいます。その人と出会った光景を思い出す度に、私はああ自分には自分ひとりだけの素晴らしい青春の一瞬があったのだと、身も心も温かくなるのです。

弘前での日々

その人はうちのオカミサンではありません。オカミサンは60年以上にわたる日常生活での二人三脚のランナーです。いまも元気で、私より3歳9カ月若い毎日を走っています。

私が想うその人とは、私が36年間秒単位で仕事をして来た時間感覚からすると、15秒ないし20秒間顔を見合わせ、手を振りあった間柄の女性なのです。「瞬間（とき）よ止れ！　汝はかくも美しい」という言葉を、私がこよなく愛するのも、この一瞬が神様から与えられたからだと信じています。まるで十代の乙女のようですが、真実の話です。

「ここさへらいん」と、どうやらお入りなさいと初めて聞いた津軽弁の事務の男の方に言われて入った北溟（ほくめい）寮の部屋の下駄箱にあった朴歯（ほおば）の高下駄（たかげた）と、畳の上の和机をついでに貸してもらうことになりました。机を裏返したら、引き出しの板の上に、「王」と墨で書いてありました。ははあ、王君が使ってたんだきゃと男の人が言いましたので、留学生がいると聞きましたがと言うと、

「東京が空襲になる直前に、皆国さ帰ったはんで、誰もいなくなったたんだきゃ。なんでも新潟まで汽車さ乗って、そこから船っこで朝鮮さ渡って……あとは……知らん……マイネ

な」

語尾のマイネというのは津軽弁で、駄目とか不可能とか、要するにNO(ノー)の場合に使うというのをのちに覚えました。ドイツ語の時間にです。というのも、ドイツ語で「私の」を「マイネ」と言います。その関連で、津軽弁の意味も知ったのでした。

私は毎日お城まで歩きました。東京の両親のことは一日中気にかかっていましたが、教わった寮歌をお城の広場から津軽富士に向って、ひとり大声で歌うと、あの中学での水泳練習も思い出せて、これぞ青春の想念が、体に満ち溢れました。

慕い続ける白い木蓮の花影の人

ある日、お城からの帰り道に、長い塀の上から1本の木の梢が出ていて、その枝に白い蕾のような点々がついているのを見ました。生れ故郷の下町では、長屋と鉄工所やメリヤス工場などが大部分で、一戸建ては町内で10軒くらいしかなく、庭のある家は、8畳ぐらいの坪庭があったわが家を含めて、5軒ほどでした。

私は何の花かを見ようと近づきました。その時です。2階の雨戸が突然開いて、その向うに、私と同じ年頃の娘さんが顔を出しました。

綺麗な人だなあと感じました。肩にかかる艶やかに光る黒髪、色白の聡明そうな額に引かれた眉の形の良さ、微笑した眼の輝き、優しい口許。

私がこの人と眼を合わせ、思わず手を振った時に、その人も軽く2度ほど手のひらを私に向けて振ってくれました。その瞬間から、73年後の90代の今日まで、私が「神様はこの地球上に二つの『美』を創られた。一つは大自然であり、いま一つは、女性である」という自家製の言葉を、臆面も無く書き続け言い続けるのは、この情景に、偶然に出会ったからなのです。

私がもう一度手を振ろうとした時、お母さんらしい女性が現れ、窓と雨戸を無情にも、ガラガラという不粋な音を響かせて、ぴしゃりと閉めてしまいました。その後戦争中に2度ほどその家の前を通り過ぎ、あの2階の窓を見上げた記憶があります。

そして、あの白い点々は、やがてふくらんで白い花となり、小さな白鷺が無数に枝にとまっている風景を創り、その花の名は、「木蓮」というのもわかりました。

やがて、花びらは一枚一枚ひらひらと舞い散り、新緑に変りましたが、あの窓は遂に開きませんでした。ただ私の脳の中に、

「お好きな花は？」

と聞かれれば、即座に、

「白い木蓮です」

と答える反射神経と、90代のいまも残されているらしい追憶だけの世界があります。もっともあの「大自然と女性」のあとには、次の言葉が付録としてついています。

「神様はこの地球上に二つの忘れ物をした。一つは金のなる木を植え忘れたのと、もう一つは私の頭に髪の毛を生やすのを忘れたことだ」です。

第11章　大きな感動を与えてくれた人々

ノートルダム大聖堂の火災

それこそ西暦2019年に入るや、むやみにテレビに氾濫した「平成最後の……」という言葉の中で、私が最も衝撃を受けた事件は、フランスはパリのノートルダム大聖堂の火災でした。私はクリスチャンではありませんが、思わず合掌しました。

その一方、発表されるやいなや商業主義国日本の現状を表して、一斉にその言葉に飛びついたのが、「令和」で、もうすぐオリンピックだ、外国人観光客が大勢来るからと、商品名がその日のうちに変わり、同名の人が日本中からマスコミによって探し出され、珍しがられました。

外国人のフトコロを当てにしてでも、経済大国の端にブラ下ろうとする浅ましさが感じられただけでした。東日本大震災の被災地にも外国人客が来るだろうからなどという言葉を、平然と発する政治家がいるのを見ると、75年も前に、一夜にして10万人が焼死し、その死の有様を眼の前で何人も見た体験のある私などは逆に「ボーっと生きてんじゃねーよ！」と怒鳴って、蒸気を吹きかけてやりたい気がしました。

余談ですが、私はＮＨＫのＴＶニュースとスペシャル番組以外あまりテレビを見ないので、このセリフを言ってるのは、頭が大きくて、手足が小さいお人形さんで、蛸(たこ)に似ているから「タコちゃん」という名前だと思っていました。しかしつい先日ＮＨＫに招かれて、50年ぶりにラジオのスタジオに入る機会があった時に初めて、タコちゃんではなくてチコちゃんですよと、ＮＨＫの職員、つまり後輩達から、笑われながら教わりました。

左耳に補聴器を入れ、眼は涙ですぐに曇ってしまう91歳の私には、令和の時代を10年間生きるのは不可能ですし、毎年10万円ずつ金額が安くなって行く年金暮らしでは、高額のオリンピック入場券は買えませんし、杖にすがって、一歩一歩踏みしめて、のろのろ歩いているようでは、各地の競技場へ見に行くのは、ほとんど不可能です。令和は私が人並みに生きる時代ではないのがわかっているので、世間のことに興味が湧きません。

そこへ突然入って来たのが、ノートルダム大聖堂火災のニュースでした。1972年に初めてパリへ行った私は、毎朝早く、観光客があまり来ないうちにルーブル美術館へ行き、レオナルド・ダ・ヴィンチの「モナ・リザ」を見ました。この絵は私の最初の本『話し方の科学』（講談社+α文庫）の基礎研究になってくれた、決して生涯忘れることがないであろう宝物なのです。

訪欧の折には必ずと言ってよいくらい、ノートルダム大聖堂に立ち寄った深い印象があり、西洋文化の基礎にあるキリスト教の雰囲気を、この聖堂で感じ取った気がしています。しかし、その心の状況を一番感じさせてくれたのは、フランスからは東側のライン川を渡ったドイツのケルンにある、ヨーロッパ随一と言われる大聖堂でした。

ケルン大聖堂で出会った女の子

数日間滞在出来る機会があって、私は大聖堂近くの、老夫婦2人だけで営んでいる小さな、それだけにフトコロ工合に似合ったホテルの一室に泊まり、朝6時半には必ず聖堂に行きました。

教会建築特有の高い天井の少し下、まだ薄暗いのでともされているたくさんのロウソクの光の中に、大きなキリストの像が、十字架を背負って祀られていました。私はいつも一番後ろの木の長椅子に座って、どこからかわかりませんでしたが、流れ出て来て堂内に静かに響き渡る男声合唱の聖歌の声を聞いていました。

通い始めて3日ぐらいたった朝でした。通路をへだてた隣のベンチに、3歳か4歳ぐらいの女の子を連れた若いお母さんが座りました。小さい子が大好きな私は、そのお嬢ちゃんに向って、低い声で、

「グーテンモルゲン（おはよう）」

と言いましたが、お嬢ちゃんはびっくりした表情で眼を見開き、次にはお母さんを見上げました。

翌朝、また会ったので、私がおはようと言うと、昨日とは違って、私を暫くじっと見つめました。

次の日、お母さんが抱き上げて椅子に座らせた直後におはようと声をかけると、私をちょっと見つめたあとで、小さな小さな声で、モルゲンとつぶやいてくれました。

そして、4日目、お嬢ちゃんは私を見るなり、

「グーテンモルゲン」

と言ってくれました。私も言いました。そして、手を伸ばして、お嬢ちゃんの小さな手と握手しました。お母さんがほほ笑んで、

「ダンケ、フィーレンダンク（ありがとうございます）」

と、言ってくれました。

差し出された傘

そしてまたその翌日、川の向うでの仕事を終えて、川にかかった長い橋を渡っていると、俄か雨が降ってきました。急ぎ足で歩いていると、1台の車がすーっと脇に止まりました。見ると、あのお嬢ちゃんとお母さんでした。そして窓を開けてお母さんが言いました。

「この子がいま雨に濡れて歩いているあの人は、朝教会でおはようって言ってくれる人でしょう。お母さんの傘貸してあげてって」

そう言って、傘を差し出してくれました。

「ダンケシェン……アウフビーダーゼーエン（ありがとう……さよなら、また会いましょうね）」

私はまるで日本人にするように、深く頭を下げました。翌朝私は小さなおもちゃを添え

て、教会でお母さんとお嬢ちゃんに傘を返しました。

事柄はこれだけなのですが、この小さな小さな心の交流のせいで、私が世界で最も好きな国はドイツなのです。

その時、まだ4分の1世紀も20世紀が残っていたのに、21世紀委員会をつくって、将来に眼を向けた国、職住近接を主題に、森とともに都市をつくろうとした市民感覚、そして、静けさを子どもに伝えようとしている市民達。僅か戦後5年間で戦場の遺骨収集が終ったと言われる戦争処理能力。これが日本と同じ敗戦国の姿なのでした。

私はあのお嬢ちゃんと、おはようと挨拶しただけなのです。しかし、挨（あい）には「迫る」、拶（さつ）には「開く」という意味があり、また、挨にも「開く」、拶にも「迫る」の意味があるそうです。仏教用語らしいのですが、心を開いて相手に近づくことです。

私が10代の旧制高校時代、たとえ後輩の寮生にでも、すれ違いに、寮務委員長おはようございますと言われると、私は必ず立ち止まって、おはようと深く頭を下げた挨拶が、生来の引っ込み思案を自分で矯正し、やがてのちにテレビでの作法に自然に役立ったように思えるのです。

バングラデシュ滞在最後の日

1年近くの旅の終りに、私は独立1年目のバングラデシュの首都ダッカに、いささか潜入に近い状態で入りました。食糧を寄こせのデモが、炎天下にほとんど一日中のろのろと続いていました。

数日間で一応の仕事が終り、私はタイのバンコク経由で日本に帰ればよくなりましたので、私の洗濯済みのシャツ類など、失礼ですが、この国の誰かに差し上げたいと思いましたが、敗戦直後の日本と同じように、外国人から物を貰ったり買ったりするのは厳しく禁止されている様子でした。

たまたまホテルの私の部屋を掃除に来た中年の女性がいましたので、この人に話をすると、両手で合掌し、しきりに頭を下げました。

そこであなたのあとについて、私が自分の荷物を持ってホテルを出ましょう、そうすれば怪しまれない、そして、あなたの家まで行って、ご家族にお渡ししましょうと、身ぶり手ぶりで、ところどころ英語の単語を入れて話をしました。

夜。荷物を担いだ私は彼女のあとについて、かなり歩きました。道は街灯も無く真っ暗でしたし、点在する家は、まるで竹で編んだ大きな柳行李を横に倒しただけのような家がほとんどで、中についているのは、1本か2本のロウソクでした。

やっと彼女の家についたので私は言いました。

「私は日本人ですが、明日ダッカを発ちます。大変失礼ですが、私が使っていた品物を、どうか使って下さいませんか。ホテルで掃除などでお世話になったお礼です」

たどたどしい英語でゆっくりと言うと、暗闇の中から誰かが這い寄って来ました。あの人が、

「私の母です（マイ・マザー）」

と言いました。お母さんは私の足に手を伸ばし、あちらでは最高の礼に当たるらしい靴へのくちづけをしようとしたので、私は思わず後退りました。すると母親らしい人は、私よりももっとたどたどしく、英単語をまぜながら言いました。

「ありがとうございます。日本は物が豊かな国だと聞いています。でも、私達には1つの物を、2人で分けあう心があります」

やっと判断して聞き取れた私は、意味がわかった途端に、はっとしました。敗戦直後のあの貧困の中で、日本人は1つの物を2人で分けあう心を持ったでしょうか。全く持って

いなかったどころか、お金と物が幸福を生むのだと、2つでも3つでも、横取りしてでも欲しがったではありませんか。

破壊され続ける日本人の良心

私にはこれまでに何度も言いもし書きもして来た自家製の言葉がありました。

「原子爆弾を広島・長崎に投下する直前に、大統領はじめすべてのアメリカ人は、人間としての良心を失った。そして、投下された原子爆弾は、それ以後のすべての日本人の良心を破壊し続けるであろう」でした。

これは政府が「戦後は終った」と、白書で発表したほぼ3年前、初めて広島を訪れ、原爆ドームの前に呆然と佇(たたず)んで合掌した時に、私の心の中に浮んだ言葉でした。

しかし、それは平成が終り、令和が始まったいまでも私の心の中に続いている感慨ですし、また実際に、人殺しや虐待や振り込め詐欺他、凶悪犯罪が日常化して続いている日本社会の現状が、70年前の広島での私の実感を、少しも変化させずに存続させたままになっています。

バングラデシュのダッカで、お母さんのあの言葉を聞いた時、私はいまはこの国は貧困のどん底にあるが、この2人で分けあう心がある限り、この国はいつか立派な良い国になるに違いないと思ったことでした。

どんな国にでも心に残る人がいるものですし、そういう人にめぐりあってこそ、本当のこころの旅になり、外国人観光客や労働者の受け入れになることでしょう。

昭和48年（1973）に、私は長期にわたって南米各国の移住地の調査に行きましたが、正直に言って、36年間の社会人生活の中で、一番つらくて、しかも面白くもなんともない平凡な旅であり仕事でした。アマゾン川の大きさと森の深さだけがいまでも印象に残っています。

記憶に残っているのは、出発前に集めた日本人移住者（かつては移民あるいは殖民、時には棄民とさえ呼ばれていた人達）の記録は、ほとんどが荒地に挑戦して、苦闘の末の成功談が、ハンで押したように書かれていましたが、実際現地で日本人移住者の生活を直接調査すると、大部分がそれこそ聞くと見るとは大違いそのものの現象でした。

帰国して暫くしたあと、移住地に対する政策討論会に招かれ、私はありのままを話しましたが、同じ講師席に並んでいたどこかの大学の先生から、「鈴木さんはいつから左翼になったんですか」と怒鳴られました。私は「先生が右翼になられた頃からだと思います」

と答えました。

それは日本が移住者を送り出したら、あとは知らん顔なのに、ドイツは移住者がどんなにジャングルの奥まで開拓して行っても、必ずドイツ人学校をそこに設けており、さすがドイツと感心したという話をした時でした。

遠国で発揮したヤマトダマシイ

最終視察地はアルゼンチンのブエノスアイレス周辺でしたが、帰国の前夜、お世話になった日本人の方達5人を、レストランの夕食にお招きしました。どこかを紹介して下さいとお願いして行った店は、まるで体育館のように大きく、玄関前の広場では、盛大に焚(た)き火をして、仔羊の串刺しの丸焼きをしていました。

席に着くと、日本の大相撲のかつての大関小錦さんを、さらにもう一廻り大きくしたような堂々たる体格のボーイさん（？）が注文を聞きに来たのですが、現地の方が夜の定食コースでいいですねと言ったので、はいと答えました。

最初に横が50センチ、縦が40センチ、深さ10センチぐらいの大きな四角い鉄鍋に、山のように盛られたモツ煮が出ました。楽しく全員で談笑しながら食べ終ると、あの小錦さんが来て何か言いました。このあとビフテキを出すが、アメリカ人なら男も女も1人1枚ずつだが、日本人だから、6人で2枚もあればいいなと言ったと同席の方が通訳して下さったので、私は、

「日本人だって、1人で1枚食べる人がいる。私がそうだ。ヤマトダマシイで食べるんだ」

「なに、ヤマト……ダマシ？」

「だますんじゃない。ダマシイだ。ハートだ」

小錦さんはフフンとせせら笑って厨房に行きましたが、やがて持って来たビフテキを見て私は仰天し、お客さんは爆笑しました。日本のブリキの湯タンポぐらいの大きさだったのです。

しかし、私は強がりを言った手前、食べないわけにはいかず、平然たる態度をする一方、無理を承知で食べました。

すると小錦さんが来て、眼をまん丸にして言いました。そのポルトガル語を通訳して戴くと、

「おう！　自分はこの店に20年勤めているが、オレのビフテキを一人で食べた日本人は、

ヤマトダマシが初めてだ！」

私は椅子から立ち上って、

「ダマシじゃない、ヤマト……ダマシイだ」

と言い返すと、彼はいきなり私を力一杯抱きしめて、

「おう！　ヤマト……ダマシね……ダマシね」

と、繰り返しました。私は口からいま食べたビフテキが飛び出しそうでした。

私はお先に失礼して、繁華街の店々から流れ出て来るアルゼンチンタンゴを聞きながら、上を向いたままホテルへ帰り、ベッドに倒れ込みました。窓の外に南十字星がまたたいていました。

ブエノスの味

翌朝、懐かしの日本へ還るために、はやばやとホテルを出ようとすると、フロントの女性が、

「つい先ほど男の人が来て、これをヤマトダマシという日本人に渡してくれと、置いて帰ったのですが、ヤマトダマシって、あなたの……」

そう言って、買物袋を渡してくれました。

「……ダマシ……ははあ……大きな男の人でしたか……」

「ええ、とても大きい……」

「わかりました。私のことです。ありがとう」

袋を開くと、便箋らしい紙に字が書いてありましたので、彼女にすみません、読んで下さいと渡すと、読んでくれたのはスペイン語だったので、少しだけわかりました。

「ヤマトダマシ、昨夜はありがとう。オレのビフテキを食べてくれて。日本までは遠いけれど、飛行機の中で食べて下さい。店の品です。またいつかブエノスへ来て下さい。元気でね」

だいたいこんな内容で、袋の中には刻んで干した果物やビスケットのようなお菓子が入っていました。

アマゾン河畔のマナウスを経由してロサンゼルスで日本航空に乗り換え、機内で久しぶりに日本食を戴きました。その味も日本人に還ったようで素晴らしかったのですが、あの小錦さんがくれたブエノスの味は、また格別のおいしさでした。

インドの女性アナウンサー

昭和47年（1972）3月31日までテレビの仕事をした私は、香港、バンコクで取材やロケハンをし、4月8日にはもうインドのニューデリーにいるという慌ただしい旅をしました。

リングロードの外側にある小さなホテルの部屋に入ってラジオをつけると、午後7時の時報に続いてニュースが始まりましたが、なんと女性アナウンサーの声でした。

昭和40年頃まで、わがNHKでは、7時のラジオニュースを読むのは超ベテランのエライアナウンサーが担当と決まっていたくらいでしたから、私はびっくりして、翌日インド放送協会へその女性を訪ねました。ホテルの人の話では、ニュースを放送したその方は、当時の女性首相インディラ・ガンジーさんよりも人気があるとのことでした。

しかし、いつ頃から、そしてどのようにしてこの時間を担当するようになったのですかという私の質問に、美しいサリーを身にまとった彼女は、優しくほほ笑みながら答えました。

「この仕事につくまでに、私はインド放送協会と、20年戦いました。女性解放のためにも」

私は粛然と身を正し、アナウンサーという職業が、国によるけれども、どのように人々から見られているかを深く考えさせられました。その頃私は、NHK始まって以来の一番下手なアナウンサーと自称していましたし、昭和38年（1963）に突然テレビニュースを担当しろと命じられた時に、女性アナウンサーをラジオのニュースに登用して下さいと、まるで担当承諾の交換条件のように、首脳陣に申し出たことがあったのです。

尊敬すべき優秀な技術を持っているのに、しかも男女同権の世になってすでに20年近くたっているのに、時代の最先端を走っているはずの放送局ですら、親しみはあるが、果して女性の読むニュースを男性の視聴者が信頼するだろうかという危惧が邪魔をして、女性をニュースに登用出来ずにいたのでした。国によって時代によって、社会的活躍に対する考え方が違うことを知りました。

ソビエトのアナウンサーの労働実態

さらに、5月1日のメーデーを、モスクワの赤の広場で実況録音をするためにソビエト連邦に行ったのですが、タクシーを降ろされてから僅か70メートルほどの間で、3回も警官からパスポートの検閲を要求され、やっとモスクワ放送の中継席の端1メートル四方（これだけ確保するのに、4日前から交渉）の板敷きの台の上に立ちました。すると1人の50歳ぐらいの長身の男が寄って来て、

「日本から来たのはあんたか」

と話しかけてきました。

「そうだ（ダー）」と答えると、自分は中継担当のモスクワ放送のアナウンサーである、これから始まる実況中に、日本からも来ていると、ひとこと入れておくからな、と言ったので、「スパシーバ、オーチニ、ハラショー（素晴らしい、ありがとう）」と答えると、ロシア語が出来るのかと聞いてきました。

「うん、たぶんあなたの日本語ぐらいね」

と答えました。彼はあははと笑い、肩をつぼめて、

「え――と、うん、そう、アリガト」

と言いましたので握手をしました。ロシア語、フランス語（当時ソビエトの公用語）、日本語がちゃんぽんに入りまじった短い会話でしたが、わかったのは、彼はモスクワ放送で2番目にえらいアナウンサーで、今日のこの仕事が終ると、自分は労働なんとか賞を貰

っているから、次の仕事まで、国が運営している保養地の家を無料で使えるので、そこで仕事の準備をしながら、次の番組までゆっくりするとのことでした。

出国直前まで働き、週刊誌に「サラリーマンの鑑(かがみ)、ＮＨＫの鈴木健二さん。時間外労働はすべてサービス」とまで書かれ、徹夜仕事が当り前だった私とは、あまりにも大きな違いでした。

少しあとに、西ドイツの当時の首都ボンの近くのバードゴーデスベルクで、ライン川の向う岸へ２分間ほどで行く渡し船に乗った時、切符売りの中年のおじさんの給料が、私の月給の２倍もあるのを聞き仰天しました。

前に書いたバングラデシュでのあの貧困は、いまから50年ほど前の同じ年のことだったのです。

日本、ソビエト（当時）、ドイツ、バングラデシュ、さらにこれらの国々を訪ねたあと、半年足らずのちに歩き廻った南米各国の物凄いインフレで、毎日商品の値札(ねふだ)が変ったり、金曜日の午後から月曜の朝まで、タバコも売っていなかったりするのを見ました。それぞれの国のあまりにも異なった経済や労働条件の中で暮らしている人々が、そのうち日本に大量に入国して、外国人労働者という名のもとに働き始めるのです。

稼ぐために国を越える労働者

クレムリン（ソビエト連邦政府）に保証人になって貰って、東ドイツ・東ベルリンを経て、国境のチャーリーポイント（当時）の日本の鉄道の踏切のような棒が斜めに上る国境線をくぐって、やっと西ベルリンに入りました。その翌日取材で列車に乗ったところ、コンパートメントに、乗客が男性ばかり6人ほど座っていたので、暮らしの状況を聞き取るチャンスだと思って、携帯録音機のマイクを向けたところ、全員が手を振って、拒否しました。

そのはずです。この人達はトルコからの出稼ぎ労働者だったのです。私はそこで初めて、世界には出稼ぎ労働者になって、よその国で働いている人達がたくさんいるのを知りました。調べてみると、この時西ドイツには主としてトルコをはじめ、中近東からの人が30万人も働きに来ていることがわかりました。

政府の要路の方達と話をしていた時に、私が移民の問題を提起したのに対し、首相がドイツ人は賢明だから、それは大丈夫だと答え、私が人間は上半身と下半身の人格は別なのですと言って大笑いになりましたが、ドイツはたしか、この翌年に、外国人労働者を一旦帰国させたと聞きました。

新聞によると、特に大量に日本への労働を希望しているのがフィリピン人やベトナム人であるようですが、私が危惧するのは、みんな一様に「日本へ行って、お金を稼ぎたい」と言っていることです。

語感の問題ですが、日本人が「働きたい」と言うのと、東南アジア、インド、中近東、中米南米など、少なくとも私が僅かな日数ですが滞在してあちらの人と仕事をした中での「働いてお金を稼ぎたい」と言うのとでは、結果は同じなのですが、これらの国々の人達の言葉には、ぎりぎりの切実感が伴うのです。働くではなく、お金を稼ぎたいと言うこの人達が、日本の職場で働きに来るのです。

日本の地方の状況

30年前からですが、私がいままでも、ジャーナリズムに36年も籍を置きながら、60歳で10代の青春に抱いた「感動無しに人生はあり得ない」と「人のために生きてこそ人」の2つの自家製処世訓を、何らかの具体的な形にしたいと、定年を機に東京と放送界を離れ、半年後まず熊本県へ行き、直ちに全市町村を巡って、村民町民の方と膝を交えて語りあった

時、真っ先にどこでも出た話は、

「なんせ人のおらんすけん、ばってん、なんもでけんとですたい」でした。

10年後に青森県に移った時も巡回しましたが、

「猿っこばかり増えよって、近頃は真っ昼間に家の中まで入ってきて、帰りがけに、冷蔵庫さ開けて、ビールっこさ飲んで、はァ、カラオケば歌って、悠々と帰りますからな」

などという、切実ではありましたがまだ少しゆとりのある言葉ばかりに出会いました。


熊本では農業技能実習生、青森では漁業技能実習生の実態を知り、これら外国からの人々の中には、夜間に脱走していなくなる状況があることもたくさん聞きました。

熊本で聞いた時から30年、青森からでも少なくとも15年後、平成が終る頃になって、この問題の一端が国会で論議されているのです。この事実を、口はばったいようですが、日本でテレビ放送が始まる前からジャーナリズムの中にいた私が、在職当時全く知らなかったのです。実にお恥ずかしい限りでしたし、その気持ちはいま90代になっても続いています。

国はそこに住む人たちへの気くばりを

日本は国民の生活実感と政治や行政との距離が、先進国と自称している割には遠過ぎるのです。その遅い政府機関からの統計や文書を、日本のマスコミはかなりの割合で使っているのです。そのため言論の自由度は毎年のように、世界で65番目ぐらいです。

私が36年間、「他人から貰った資料は事実の半分しか物語っていない。あとの半分は自分で歩いて探して来るのだ」というこれまた自家製の仕事観を、金科玉条として守ったのはこの50％の欠陥を補うためでした。

偶然ですが、ＮＨＫを定年退職した日の夕方、私は辞退したのに、記者クラブ主催で共同記者会見が行われ、記者やカメラマンが大勢集まりましたが、その中で「もう1本番組をつくるとしたら、どんな番組ですか」という質問があり、私は即座に、「農業番組、特に日本の農業の歴史です」と答えたのは、私自身への神様からの暗示だったかもしれません。農業県熊本へ行くのを決めたのは、それから5カ月後でしたから。

すでに1970年代に西ドイツ放送協会は、移住労働者のために、日本で言うと、ＮＨＫのラジオの第2放送かＦＭを開放し、例えば日曜の夜7時半から8時までをトルコの時間とし、最初の10分間を今日のトルコのニュース、次の10分を懐かしいふるさとトルコの音楽や芸能、あとの10分をドイツ語講座とし、同様に毎日同じ時間を、各国労働者のための時間として割り当て、この番組はそれぞれの本国から派遣された3人の放送局員が制作していました。

日本の政府は外国人労働者が大量に入国するのを目前に、これほどまで細心の気くばりを、この人達に提供するでしょうか。アマゾンの奥地深くまで、ドイツ人移住者の行くところ、必ず学校があったのを思い出しました。つい先日ＮＨＫの職員に聞いたら、そんなドイツのような放送番組の話は全く聞いたことが無いとのことでしたが……。

第12章　平和の合言葉「武器よ、さらば」

戦闘機の購入よりも遺骨の収集を

買い物をしにお店に入ったり、レストランで食事をしたりすると、店員さんが少なくて、なかなか用が足りなかったり、やっと来ても、ちょっと手のこんだ注文をすると、他の人に代って貰う外国人店員だったりします。かなり前からそんな風景によく出合っていて、人手不足を誰もが感じていたはずです。

一見してここでは交通事故が起りそうな場所だなと思っていても、実際に事故が起らないと、そこにガードレールが造られないという万事後手後手でごゆっくりな日本の政治は、あまり革命の血が体内に流れていない国民性と相まって、時折妙な現象を世の中に引き起します。

令和が直面する問題の一つは「国破レテ山河アリ」どころか、山河も実は無くなっていたのだという事実を証明した平成の相次いだ災害を、どのように克服するかです。中央官庁からの「21世紀の地方行政の基礎原案を考えて下さい」という要請に、即日「何を考えているのか。この国の行政の第一は常に遥か昔から治山治水にあるに決っているではありませんか。将来ともです」と私が即答したのは、30年も前の平成元年の熊本県内巡歴の旅の初期の頃のことでした。

山が海に迫り、そのため平地が少なく、小さな川が無数に急流となって流れ、昔からの溜め池が各地に多数存在し、地震は年中どこかで起り、台風が国土の真上を縦断するなど、これは温帯に位置しているからいいようなものの、もし熱帯や寒帯に属していたら、人が住める土地ではないのです。

しかし、地球の温暖化で、平成の終りの年の夏の暑さは、思い出しても汗が出て来るではありませんか。この国は治山治水の予算を国の最大の予算にしなければ、必ず「雨が降ると人が死ぬ」のです。

令和に変る1週間ほど前の報道に、青森県の三沢基地の沖合に、最新鋭のF35戦闘機1

機が墜落して、いくら捜しても見当らないので、機密保持のため海底深くまで捜すために、アメリカから軍用の海底探査機を持って来るという事故がありました。

沖縄や南の国の海底で、１００万人が母のいるふるさとを望みながら、すでに70年以上も放っておかれ、この方達と苦難を共にしたい、この方達の死を自分のこととし、戦争を忘れない手段として、私は年齢を問われれば、敗戦前の日本人の年齢の数え方で答えて、１００万人の方と一体感を持たせて来たつもりなのに、そんな機械があるならば、飛行機1機よりも、この方達の遺骨を収集してくれと、怒鳴りつけたい気持ちになりました。

自衛隊もいつか人手不足になる

心配するのは、企業だけではなく、自衛隊も人手不足に陥った時、たくさんある最新鋭の機械を誰が扱うのでしょうか。全国各地にある、あのだだっ広い自衛隊用地に、人の気配が無くなって、機械や武器だけが放置されるのでしょうか。北朝鮮の動向に対して、P3Cなどの軍用機が次々に買い込まれているようです。平成の世には、物置小屋に幼い子が迷い込んで、何日も隊員達が気がつかなかった事件もありました。

平成30年の、年末の慣例として知られる京都清水寺での墨書では、災害が多かったのを反映して、「災」でしたが、もし私が書くとすれば、「不安」でした。その一つが、もし人手不足が自衛隊に及んだとしたら、国はどうするのかという心配だったのです。

いまもテレビのニュースが、アメリカ、中国、ロシア、北朝鮮の軍事力増強を伝え、日本はアメリカと協力して、これに対抗すると言っています。

もしも軍隊が無かったら、誰が戦争から日本を守るのでしょうかという主張は、昭和の安保闘争の頃から、愛国心（？）に燃えた方達によって、いささか興奮した口調でよく聞かされたものでした。でもこの方達が決して言わなかったのが、戦争になったら、自分は志願してでも軍隊に入るという言葉でした。誰かがやってくれという話でした。

その誰かが不足したら安倍晋三さんはどうするのかという話は、「人手不足には外国人を」という話の中には、一度も出て来ません。

常識的に考えれば、人手不足になった大企業は高給を支払って社員獲得に努めるでしょう。すでにその兆候は平成の終りの求人広告に表れています。当然全員が働き盛りの男性と女性で構成されている自衛隊は、絶好のスカウト目標になるでしょうし、企業の高給に引かれての隊員自らの流出もあるかもしれません。

人がいなくて使わないあるいは使えない武器が大量に余ったら、北朝鮮や韓国や中国、ロシアあるいは金持ちの中近東の国々へ、叩き売りで売ったらどうでしょうか。飛びついて買うと思いませんか。平和とは具体的にどういうことでしょうか。結論はたった一つで簡単なのです。

武器を持たないことです。いまこそ日本人は「武器よ、さらば」を合言葉にする時代だと思いませんか。

今こそ現代の「廃刀令」を

アメリカその他の国に見るような銃社会の生き方は、日本人には奇異で、とても理解出来ません。教会で、モスクで、学校で、繁華街で、レストランで、突然連発銃が火を噴いて、多くの人が倒れるのです。しかも常に強がりを言う大統領のトランプさんが、この悪現象を止めるどころか、弁護しているのではないかと思われるような通り一遍の談話をツイッターに書くのです。

もっとも日本でも１５０年前の江戸時代の終りまで、刀を大小２本も腰に差していた武士という名の兵士達が、大道を闊歩（かっぽ）していたのです。しかし日本人は廃刀令（はいとうれい）一つで刀も槍も弓も矢も火縄銃も捨てました。

いまこそ日本は、「令和」の廃刀令を出すべき時です。真に清らかに梅の花が咲く心明るい静かで穏やかな国を志向すべき時を迎えたのです。

北朝鮮が日本海に向けて、核実験のタマを1発発射したら、令和の日本は自衛隊員の誰かのピストルを1丁、日本海に捨てるのです。5発打ち上げれば5丁という風にして、少しずつ実績を上げていけばよいのです。

拉致が引き起す孤独の暴力

90代になって、友人知人のほとんどがこれまでに次々と鬼籍(きせき)に入り、「孤独」という問題は、自分でつくるのではなくて、周囲からの環境がじわりじわりと押し寄せて来て、いつの間にかつくられるものだと悟りました。

この孤独を、突然家族が連れ去られることによって、まるでミサイルの直撃を受けたように、心を粉砕されてしまったのが、ご本人とご家族です。いまどこにいるかも知らせないやり方は、世界史に末長く残る北朝鮮全人民による超凶悪犯罪です。

なぜ手紙一本葉書一枚も書かせないのでしょうか。あの国の子ども達は学校で拉致を教わっているのでしょうか。

拉致された方もご家族も、北朝鮮の国家と国民に何の悪事もしていないのです。1回でいいから日本へ電話して、「お母さん、私よ、元気でいるわ」と、ひとことだけでもいいから話すことも出来ないのでしょうか。北朝鮮には、1台のガラケーを持つことも不可能なほどの輸入制限が、トランプさんによって掛けられているのでしょうか。1台のガラケーは1発のミサイルよりも、値段が高いのでしょうか。日本ではスマホの使用料が安くなります。金正恩（キムジョンウン）さんはスマホをお持ちでしょうか。番号を教えて下さい。

奇怪なのは、日本の国会で、「丁寧な説明を」という言葉をむやみに使う、総理をはじめとする大臣が、こと拉致についてはひとことの話も無く、担当の大臣は無言のまま就任し退任し、いまどのようなルートで、誰と、どの北朝鮮機関と話をし、それが金正恩さんに通じているのか、拉致された方々は、いま、どこで、どのように暮らしているのか、全く話をしないことです。

野党も大臣の失言には目くじらを立てますが、拉致については質問はしないし、調査もしません。一人でいいから、与野党の中で、歴史的人道問題である拉致問題に死ぬ気で取り組む議員はいないのでしょうか。いっそのこと新しいアメリカ製の武器を持っているわが日本の自衛隊を引き連れ、三沢沖の海底から引き揚げたF35戦闘機に乗って、平壌（ピョンヤン）空港に強行着陸して、金正恩さんに直接拉致被害者全員の帰国をＯＫさせてはと思います。

暴言でしょうか、でも笑わないで下さい。戦争、３００万人の死、１１０万の未帰還遺骨、無差別空襲、広島・長崎の原子爆弾投下、敗戦後の超飢餓を体験させた、日本史上最悪だった昭和、平成の大津波・大地震・崖崩れ・浸水、原子力発電所のメルトダウン、親殺し子殺し誰でもよかった殺人など、人間が犯してはならない罪悪のすべてを体験し見続けさせられて来た、いま90代の私のような人間は、日本人として拉致をこの解決不能だった戦中・戦後の諸悪の中に組み込ませたくない気持ちでいるのです。

人類史上にたぶん永遠に残る大脱走に成功したカルロス・ゴーンさんが、世界有数の自動車会社のお金を、それこそ目もくらむような巨額のお金を、数十万の従業員の目をかいくぐって、世界中を廻って使っていたのは、結果は司法の手にまかせるとしても、一人のそして男の生き方としては、まさに歌舞伎の「楼門五三桐(さんもんごさんのきり)」の石川五右衛門(いしかわごえもん)のように、「あ、絶景かな、絶景かなァ」と、人間世界を上から見下ろせる気分になるでしょう。

それに対して欧米のマスコミからは、勾留期間が長過ぎるという非難攻撃の記事が相次ぎました。それでは、拉致された方のこの長い長い時間は、どのくらいの非難を世界中から金正恩さんに浴びせることが出来ているでしょうか。日本のマスコミですら、たまに拉致の会が開かれると、小さな記事やローカルニュースに出るだけです。

良い主観は良い客観になり得る

私は古巣のＮＨＫのＴＶニュースやスペシャル番組の制作に参加し、人には言えない苦労もしたので、いまも重点的に見ますが、最近は「関係者に取材しますと」という言葉が、ニュースの中によく出てきます。

ははあ、ＮＨＫだけが取材に行ったんだなと思うと、たまに見る民放さんも、「関係者に取材したところによりますと」と言い、さらに新聞にも、関係者に取材と書いてあります。

この関係者の方は、その数が世界でも飛び抜けて多い日本のマスコミが、次々にこんなにたくさん押しかけて取材したら、いちいち返事をしたり説明したりするのは大変だったろうと同情しますが、本当はたぶんぶら下り形式でのお話だったのだろうと思っています。しかも、各社各局とも、その結末は、「先行きは不透明です」なのです。

どうしてわが社わが局だけが関係者に取材したならば、「こうなるとこうなり、ああなると、こうなります」という自社自局なりの見通しを書いたり話したりしないのでしょうか。良い主観は良い客観になり得る場合もあるのです。

要するに、一見して思想や言論が自由であるように見えても、どれも皆同じで、実は思想が一つしかない不自由な国が日本民主主義国で、実態は日本商業主義国なのです。令和の日本のマスコミは、国民に知らせることが、拉致の解決など、他にたくさんありそうです。

最近はテレビ各局に、ニュースキャスターという肩書きの方がたくさん登場しますが、話の中身は中学校の社会科程度です。すでに送出された内外のニュースを少しずつまとめているだけです。

私は足腰がもう駄目なのでどうにもなりませんが、キャスターさん達に、ニュースの奥にある人間の心のあり方を話すことを、昭和の古道具的ジャーナリストとしてお願いします。

第13章　「象徴」とは、国民が創造する心の最善の形でしょうか

青森県立図書館館長としての試み

第1章で、「21世紀に残したい言葉」という大手出版社のアンケートに、「日本国憲法全文」と答えたあと、天皇の象徴としての地位の「象徴」に質問がなされずに電話が切れて、ホッとした事実を私は告白しました。

事実、70歳から75歳までの5年間、青森県の熱烈な依頼を受け、私は旧制弘前高等学校卒業以来、丁度50年ぶりに、わが心のふるさと津軽に、再び10代青春の想いを蘇らせて立つ機会を得ました。私にとって人生最良にして最後の偶然でした。

与えられたのは、県立図書館を館長として管理運営する仕事でしたが、雪が深く冬が長

いせいで、何かにつけて全国最下位にランクされてしまうこの県に、図書館の長という地味な作業を通して、地元に根づく文化を少しでも注入するにはどうしたら良いかを考えました。そして熊本でもやりましたが、直ちに県下巡歴の旅に出ました。

午前9時にどこかの村か町の幼稚園か保育園で子ども達に話をしたり遊んだりし、10時から1時間、村長や町長から地域の生活状況を聞き、そのあと各種団体の代表10人と、オニギリ程度の昼食を取りながら活動の様子を伺いました。

そして、午後1時からは、小学校で、「自分で考える子になろう」という自家製の言葉に従って、自分で手作りした教材を使って、理科と算数をやり、最後に発明王エジソンの少年時代の物語の紙芝居と、この3本立てで約1時間半の押しかけ授業をしました。

さらに夕方4時からは、「読み聞かせ講習会」を開いて、昔取った杵柄で希望者数名や中高生に朗読の仕方を伝授。陽があれば遺跡や神社仏閣や産業施設を廻り、急いで夕食をとって、6時半から8時までその地に合いそうな即席のテーマで講演し、青森市へ帰ると、津軽半島や下北半島の遠い所からでは深夜となり、冬は七色の雪が舞い続けていました。少し寝て、また出発し、5年間で、他県も合わせて延べ２００校ぐらいを廻りました。但しこれはすべて無料奉仕で、しかも老人性の病気を抱えていた私にはかなりの負担でした。

私はこの巡回押しかけ授業に対する見返りとして、県立図書館へ県民一人当り1円の図書購入費の値上げの予算を知事に要求し、さらに読書を県民運動に高めたいので、県庁内に「読み聞かせボランティアセンター」を、机1つと事務方1人でいいから設けて欲しいとお願いしました。

これはたとえばある小学校が朗読を聞く会を開きたいと、このセンターに申込めば、センターは登録されているボランティアの中から、その学校の近くに住んでいる人達に連絡して、行ってもらう仕組みでした。

私は各町村公民館の蔵書の合計及び貸し出し本数が、全国最低であることを調べて知っていたので、各町村で夕方開いた「読み聞かせ会」には、保育士さんや学校の先生が1回に4人か5人、合計で200人来てくれれば、上出来と思っていました。しかし1年間廻ってみると、なんと900人も参加してくれたことがわかりました。

偶然見つけた新聞記事

熊本・青森両県で、私が驚きもし慨嘆もした地方の過疎を、土地の人々は知っているのだ、ただし、それをはね返すキッカケがまだ摑めないでいるのだと、私は判断しました。

そこでこの試みを県民運動にしたいために、青森県では支援センターを図書館ではなく、県庁内に設けるようにと提案したのでした。はじめ県側は難色を示しましたが、知事が判断してくれました。

たった1つでしたが、この巡歴で私にはかけがえの無い収穫がありました。南部地方のある村の公民館図書室で、棚の上に置かれて、たぶん何年、いや何十年も、誰も手に取って読んだことがなさそうな、埃（ほこり）を一杯にかぶった淡い水色の表紙の本が眼に止りました。手に取り、パラパラっとめくった真ん中あたりで、私はひとりあっと驚き、目をこらしました。話には聞いていましたが、私にとっては幻の新聞記事がそこに掲載されていたのです。

それは明治30年代、日露戦争への機運がまさに頂点にさしかかっていた頃。内村鑑三（うちむらかんぞう）達が、当時最高の発行部数を示していた新聞「萬朝報（よろずちょうほう）」に戦争はしてはならないという「非戦論」を書きました。その中の一人、幸徳秋水（こうとくしゅうすい）はのちの明治43年、天皇を暗殺する計画をしたということで治安維持法の犠牲となって、翌年13人（内女性1人）が絞首台の露と消えたいわゆる大逆事件で首謀者のように扱われますが、その彼が明治32年2月26日、この「萬朝報」に載せた「教育界の迷信」という記事だったのです。

のちに昭和の大東亜戦争が惨めな敗戦に終るまで、日本の教育の根本的支柱となった「教育勅語」について、率直な感想を寄せた一文でした。次の記事です。

「教育界の迷信」

幸徳秋水

現時、わが国の教育の最も急用とするところは、世のいわゆる教育問題にあらずして、実に教育社会に瀰漫（びまん）する一種の迷信を打破するにあり。

迷信とは何ぞや。いわゆる勤皇愛国を以て、直ちに教育そのものの目的となすことこれなり。

勤王愛国もとより美事なり。結構なることなり。

しかれども人は勤王のみをもって生くるにあらず。

社会は愛国のみをもって進歩繁栄するものにあらず。

教育をもって、単に勤王愛国のために生死せんとつとむるものは、ただちに教育をもって勤皇愛国と名づくべき一種の宗教となすものなり。天下の青年を愚かにして、一種の神仏に向って拝跪せしめんとするなり。

しかして、今の教育なるもの、その要また聖明のためなりといわば（著者註：教育で大切なのは、天皇陛下のためにするのであると言えば）、天下は一斉に讃美せん。

しかれども予は言わん。教育の前途を誤るは、必ずこの言ならんと。

現時の教育家は、果して教育の真義を知れりや」


要するに、忠君愛国それ自体は素晴らしいが、これだけが教育の目的ではなく、また教育は天皇の御ためにするのだと言えば、国民は一斉に素晴らしいと讃美するだろうが、教育の結果を国民に誤らせるのも、また同時にこの天皇の御為という言葉なのであって、これでは天下の青年を愚かにして、神仏を拝ませ、ひざまずいて拝ませる宗教のようなものであると、主張したのでした。

教育勅語の浸透力

教育は人間に生きる目標を与えます。いまの子ども達に、将来何になりたいですかと質問すれば、即座に、女の子は、「看護師さん、学校の先生、美容師」などと多様な答え方をしますし、男の子ならば、やはり「プロ野球の選手、電車の運転士、お医者さん」などと、眼を輝かしてはっきり言います。

しかし、私達尋常小学校派は、当時少なくとも男の子は、

「兵隊さん」

と、しぶしぶ答える他はなかったのです。中学生ぐらいになると、この答の内側に、「天皇陛下の御為に」がつくのでした。明治の「教育勅語」の物凄いばかりの浸透力が、大正を経て、昭和の敗戦の日まで続いたのでした。

私が前掲の幸徳秋水の記事の存在を薄々知ったのは、NHK就職後の20代になって熊本中央放送局へ新人として赴任してからでした。熊本は明治政府のグランドデザイナーと呼ばれ、明治憲法や教育勅語の原案に携った井上毅や、明治天皇の教育係として再三の固辞にもかかわらず、遂に明治政府の熱意に動かされて肥後熊本藩から、政府に出仕して教育係となり、明治天皇ご自身も敬愛の念をもたれたと、ものの本に書かれている元田永孚の出身地でありました。二人は目と鼻の先で生れ育っています。

その時、『余は如何にして基督信徒となりし乎』を書いた内村鑑三の存在と、「萬朝報」で同僚だった幸徳秋水達のことを知り、秋水のあの記事があるのを知ったのですが、実物

には出合えませんでした。

そして、社会人となってからおよそ50年の歳月が流れたあと、1冊の本の中にあったこの記事に出合ったのでした。その時のショックは実に新鮮でした。10代の青春が一瞬のうちに蘇(よみがえ)りました。

第9章でも触れましたが、私は91年の人生の中で、たった一度だけ、頭を力まかせにぶん殴られた、忘れることが決して無い体験があるのです。悪いことをしたわけではありません。本を読んで、意味がわからない箇所があったので、質問しただけです。そうです、目の前が真っ暗になって、倒れそうになったほど私を強打したのは、中学の先生だったのですし、意味がわからなかった本というのは、『明治大帝』という題名の分厚い本の中の1ページでしたし、殴られたのは教育勅語の一節の解釈が原因でした。

国会の「戦争」は現実味がない

ただその時に不思議なめぐりあわせがあったのでした。私が青森県内で手にしたこの本に挟まっていたのか、それとも誰かが私の前にこの本を見てそうなったのかわかりませんが、私の足元に小さな新聞記事の切り抜きの断片が落ちていました。

しおりにでもしたのかなあと思って拾い上げ、縦横それぞれ10センチほどの新聞の断片を眺めました。新聞への一般読者からの投書の一部分のようでしたが、読んで私は胸を打たれました。

「（私の）叔父はフィリピンで戦死した。しかし詳細は全くわからない。残された新妻は老い、寂しく死んで行った。いとこも南の海に小型艦とともに沈んだままだ。伯父、伯母は頼りの長男の死に、悲しみの消えぬままに他界した。

戦争を知らぬ閣僚たちが、戦犯を祀る靖国神社に参拝して、『ご英霊に感謝』と言うのを聞くたびに不快感が募る。赤紙一枚で召集された兵士に、捕虜になるくらいなら自決せよと命じ、消耗品のごとく特攻を強いた軍首脳部の多くは、安全なところにいて生き延びた。

実際に命の危険にさらされるのは、いまは自衛隊員だ。国会でその本質についてしっかり論議してほしい」

どうして新聞への投書のほんの断片を、しかも拾った紙切れを、私がこんなに詳しく、しかも極めて正確に記憶しているかというと、この意見は私の気持ちや考え方をあまりにも見事に、的確に表現して下さっていたからなのです。恐らくこの方は私と全くの同世代の方で、もしかすると同い年かもしれません。お名前や年齢の部分はちぎれていて不明でした。私は何度も読み返して、紙片をそっと棚の上に返して来たのですが、その後今日までの国会の論議は、恐らくこの方が心配された通り、まるで子ども達の戦争ごっこの話し合いに過ぎません。

私はあの大空襲を昭和20年（１９４５）３月10日に体験し、目の前で何人もの方が、のたうち廻り、異様な叫び声を上げて、生き身の体を焼かれて行くのを見て、戦争による死は人間の死に方ではないことを目撃しました。人間の顔ではない醜い顔で死にたくないならば、戦争はしないことです。

天皇の戦争責任

平成の三十有余年の間、天皇皇后両陛下は沖縄やパラオ、サイパンなど、かつての激戦地に赴かれて、無残な死を遂げさせられた兵士達の霊に、深く頭(こうべ)を垂れなさいました。

昭和天皇には、歴史や旧明治憲法の見方や解釈の仕方によって、政治的あるいは軍事的に戦争責任があるのかもしれませんが、それは研究者にまかせるとしましょう。語録などを拝見しますと、人間的人道的責任は多少感じ取れるのかもしれませんが、後を継がれて平成の世を過ごされた天皇陛下には、政治的にも人道的にも、全く責任は無かったと思います。

ただ私もテレビで延べ14年間日本史を扱い、その中の丸1年は昭和史であったので、極めて少ない知識ではありますが、そこからの類推で、例えば「終戦」そのものの日がいつだったのか、明確ではないような気がしてなりません。

昭和20年（1945）8月15日正午、ラジオを通して流れたいわゆる「終戦の詔勅（しょうちょく）」は、放送時点ではお言葉の内容が、大部分の臣民にとっては理解不能でした。

当時私は旧制弘前高校1年の17歳でしたが、自分なりに解釈しました。ただしそれはその夜、それまでの灯火管制のために、電灯の笠に被せてあった風呂敷を、何年ぶりかで取り除いて、夜ってこんなに明るかったんだと感じた頃までかかりました。

それはあの勅語は天皇陛下の任務（?）の一つである陸海軍統合の大元帥として、部下の陸海全将兵に、戦争はやめると表明した布告なのであったということでした。

天皇陛下のもう一つの責任であるはずの「元首」はどうなるのか理解出来ませんでしたが、およそ半月後に、全面降伏の調印式が行われるとのことで、全面の範囲はどこまでなのかは別として、とにかくそこで戦争は完全に終り、天皇は元首の地位も去られるのかと思っていました。

ところが、当然調印式には日本からは元首の天皇陛下、連合国側からは各国を代表して、天皇陛下に対する——たとえ敗戦国であり、敵であっても——儀礼として、アメリカの大統領が出席すると信じていましたが、両方とも全権を委ねられたらしい代理でした。

そのうちに進駐軍と呼ばれる連合軍の兵隊が各地に現れ、空襲のときに私が眼前で目撃した人達の死に方以上にむごたらしかったような死を、広島と長崎の臣民に言わば強制した原因の「新型爆弾」は、「原子爆弾」と呼ぶ方が正しいとわかりました。さらには、天皇陛下がご自分は神ではなく、人間であると宣言なさった勅語が敗戦の翌年のはじめに出されたと伝えられました。

北溟寮での激論

秋には授業が再開され、私は一時は東京に戻りましたが、すぐに弘前に帰り、北溟寮で生活していました。寮にはラジオも新聞もなく、こうした情報は、３００人の寮生の誰かがどこからか仕入れて来て、それが寮生の間に伝染して行くのですから、事実とは大変な時間差がありました。

しかし、いまでも記憶しているのは、左右からの思想の激しい嵐が寮生間にも吹き荒れ、自由とは何か、民主主義とは、男女平等とは、マルキシズムとはなどの激論が昼夜の別なく行われ、その最も大きな声が響くのは、物心両面で３００人寮生の世話をせざるを得なくなった寮務委員長の激職に推されて、授業に出る時間が全く無くなっていた私の部屋でした。

寮生の議論の焦点になっていたのは、具体的には、全国の他の大学・高校で行われているらしい戦争協力教授の追放、東京から手紙などで呼びかけて来た全国学生連盟（全学連）へ参加するかどうか、そして、天皇の戦争責任と国際裁判との関係でした。

いま振り返ると、10代の高校生の青臭い議論ではありましたが、少なくともいま21世紀平成から令和への同年代の若い人よりも、空腹を抱えてではありましたが、生きることに真剣な毎日毎晩だったと追憶します。

明確な法律的理由はどこかに記録されているのかもしれませんが、一人の天皇が敗戦にもかかわらず、そのまま天皇として在位されましたので、昭和は元号も変らずに、昭和のまま続きました。しかし昭和は昭和20年（１９４５）８月15日を境に、明らかに２つの時代だったと信じています。今度の平成のように、天皇陛下御自身によるご退位の話もありませんでした。

同時代を生きた同志と時間を共有する

私のひとりよがりの考え方ではあり、何度も繰り返していることですが、この原稿の全編を貫(つらぬ)かせている積りなのが、３００万人以上が犠牲となり、75年後のいまも１００万もの方達が、お母さんのいるふるさとへ還れないでいるあの戦争の、非人道的過去を忘れないために、私とその方達との唯(ただ)一つの共通点である「数(かぞ)え年」を、当時10代の若者であった時から90代の今日も続けて使用している事実です。私独特の非戦論です。

そのせいもあるのか、私は本土への返還以前から、しばしば沖縄へ参りましたが、その頃も今も、そして、テレビであの辺野古(へのこ)の海へ、政府の手によって、大量の土がトラックで運ばれて海中に投入されるシーンを繰り返しニュースで見る度に、胸が詰まる思いがするのです。

なぜならば、あの海に未だ還らざる方のたとえ一片の骨でもあれば、あの土によって、さらに深く沈め込まれ、もしかすると、永遠に母のふるさとへ還れなくなってしまうのではないかと思うからです。

人間ならば、飛行場をつくるより前に、すでに70年も前に終った戦争の犠牲者を厚く弔って、遺骨をそれぞれのお家へ還してあげることの方が先でしょう。このことは、北朝鮮の金正恩さんが、事あるごとに、拉致問題は解決済みとおっしゃり、日本の総理大臣が直接このことには関係があるとは思えないトランプさんや外国の首脳に頼り、常に具体的な返答が全くないこと同様に、私には不可解な令和日本の問題なのです。

「象徴」とは何か

どうしていま頃、私がこのようなことを改めて言い出したかというと、その原因は平成の終りを宣言された形になったご退位のお言葉を、天皇陛下が、録音などではなく、直接ご自身でお述べになり、そして私が説明不可能であった「象徴」について、ご自身もその実践に苦慮され、さらにこれからの天皇も、象徴とは何かを追求され続けるであろうと、はっきりとおっしゃったからなのです。

平成が終る4月の中旬、両陛下は退位のご報告に伊勢神宮へご参拝になり、皇位の継承をご祖先の天照大神（あまてらすおおみかみ）にご報告になったとのことでした。

その際に、皇位のしるしであるいわゆる三種の神器の中の剣と玉を、侍従が奉じてお供をして行った様子が、新聞の写真にも掲載されていました。実はそれを見て、私は思わず40年ぐらい前の自分を一瞬思い出して、一人でハハハと笑ってしまいました。

この剣は銅剣なのでしょうか、それとも鉄剣でしょうか。仮に伝承される途中で、新品に改められたならば話は別ですが、もしも初めからのもので、しかも銅製であるならば、日本の古代史からみて、鉄が使われ始めたよりも、もっと古くから、天皇は存在していたことになります。

古代にメソポタミアから始まったと思われる銅の製造法は、中国大陸の沿岸に達するまでに、約２０００年かかりましたが、鉄の製法は１０００年で到着し、銅がタッチの差で日本へ入ったと想像されます。

もしあの剣が鉄製であれば、長い年月の間には、錆（さび）が出て、その粉が箱の中に落ちるはずですが、銅ならば緑青（ろくしょう）は生えても粉が落ちることはないと想像されます。

従って、恐れ多いので、箱の蓋は開けずに、箱を両手で捧（ささ）げて、振らせて貰えば、鉄製ならば錆の粉が落ちているだろうから、きっと小さくはあるがサラサラと音がするし、銅ならばしないだろうと、テレビで昭和史をやっている時、私は大真面目でそう考え、宮内省（庁）にお願いしてみようかとスタッフに提案して、笑われたことがあったのでした。

ただ私が心配するのは、「大元帥」の称号は陸軍も海軍も無くなってしまったのですから消滅が理解出来るのですが、「元首」はどうなっているのでしょうか。

もし仮に、自衛隊員が人不足になり、しかも中国、アメリカ、ロシア、北朝鮮、韓国、日本の関係が、令和から21世紀末、さらに22世紀、23世紀と進むにつれて悪化し、その一方では人口の減少がさらに勢いを増し、自衛隊員がかつての日本軍のように、徴兵制によらなければ維持出来ないとなったら、その士気の高揚、全軍の統帥、対外的権威を狙って天皇を再び大元帥や元首として、自衛隊の頂点に奉戴(ほうたい)することがあるのではと勘ぐるのは無駄な空想でしょうか。その頃、私はもちろん、失礼ながら、読者でいて下さるあなた様も、地球上にはたぶん存在しませんが……。

天皇を「国家儀礼の象徴」としてはいかがでしょうか

平成の両陛下が神器とともに伊勢神宮にご退位の報告をなされたニュースを見た時、遥か遠い将来の世紀に気くばりして、いっそのことこの際、宮城はじめ皇室ご一家のお住いを、東京のＪＲ山手線に囲まれた地域がすっぽり入ると言われる広大な伊勢神宮の域内に移築し、天皇陛下を単なる「象徴」ではなく、「国家儀礼の象徴」とすれば、子ども達にも説明出来るし、国民体育大会はじめ各種の国家的なあるいは世界的な催しにも出席可能だし、外国大使の信任状奉呈も差し支えないのではと思いました。

もちろん、両陛下が平成の間に精力的に努められた災害地への訪問も差し支えないはずです。様々な慈善事業へのご出席もです。

昭和の敗戦の日から平成が終るおよそ70年の間で、日本人の心を安らかにした最高の存在は、美智子皇后陛下であったと私は信じています。

優雅な立ち居振る舞い、すべての人の心を和ませる穏やかなほほ笑み、陛下に寄り添われるお姿から醸し出される暖かい夫婦像、人々に話しかけられる時に無意識のうちに動く手の暖かさ、そのすべてがいかなる名女優も演技することが全く不可能なたたずまいでいらっしゃいます。20世紀と21世紀に咲いた最も美しい大輪の花を私はテレビでお姿を拝見する度に思いました。

しかし、元号を変えるのに、まるで敗戦前の日本の思想弾圧を思わせるような厳重な秘密主義が、憲法までからんで政府や政治の局内にあるとは知りませんでした。

まるで私がＮＨＫ定年後、東京を離れて、なんとか自分らしく生きる方法はないかと、偶然めぐりあった熊本県へ行き、そこで見聞した過疎の実態に驚き、ジャーナリストとしてこれを全く知らなかった恥ずかしさと申しわけ無さが、30年後の今も私の心を覆っているのと同じ感覚でした。

第14章　行く道を指さして教えてくれる人がいる

長生きをするということ

数え年で93歳、満で92歳となりますが、90代に入った途端に、前夜の除夜の鐘まで背負っていた、生きなければならないのだというかなり切実な思いが突然体の中から抜けて、あと10年生きてりゃいいんだという気楽さが、体ではなく、心の中で入れ替って、ニヤッと笑った感じで下っ腹のあたりに居座りました。

ただ妙な気持ちだったのは、私は1月23日生れなので、1カ月の間に、数えと満の2つの年を取るのが、しっくりとしませんでした。しかし数えが私の精神年齢、満が肉体年齢だと割り切りました。

ところが気が重くなったのは、90代のこの体を一日でも多く維持して行くためには、何でもいいから、何かの仕事をして、お金を戴いて、食べて行かなくてはならないはずなのですが、働き口はどこにもないのです。

たとえあったとしても、近々やって来る外国人労働者とやらに、いとも簡単に奪い取られてしまうのは、それこそいとも簡単な想定内の出来事でしょうし、たとえそこをうまく逃れても、人間の知能によって、人工の知能を与えられたロボットが、その先で待ち受けています。これが令和現在、長生きの最大の欠点です。

人間も生物なのだから淘汰されるのは当り前だと言われればそれまでですが、その当り前が当り前でないことを、直接身をもって体験させられたのが、「社会」と呼ばれていた所ではなかったでしょうか。人間が生きているうちの大部分の時間を使う所でしたよね……。

禁酒禁煙はお金の節約になる

その社会の一番小さい単位が「家庭」と呼ばれる場所です。そこには「家族」と称する、なんと血を分けあい、食べ物を分けあい、見つめあい、いたわりあい、人間にとって最も大切な「愛」という互いに引きあうエネルギーに満ちているはずの人々が、同じ屋根の下に生きています。

昨日も60代と思われる男の方にすれ違いざま、

「鈴木さんですね。おいくつになられました。あ、そうですか、長生きのコツは何ですか」

と、聞かれましたので、ひとことだけ、

「禁酒禁煙ですかね」

と、答えました。私は体じゅう大きな手術の痕だらけなのですが、元気だった友人知人が80代でほとんど先立ってしまいました。私は30歳でヘビースモーカーの自分が自分で嫌になって、突然禁煙して以来60年間、一本も一服もタバコを吸わなくなりました。

50歳で禁酒よりもむしろ断酒し、それまで週刊誌に放送界酒豪番付東横綱にランクされていた地位を、まるで14日間全勝で、明日の千秋楽には全勝優勝するという前の晩に、突然引退を発表したような形で、盃もコップも伏せて置いてしまいました。

断酒して以来40年間、かつては一升瓶の底まで舐めたのに、今ではたまに出席する会合や会食の乾杯で、おつきあいに舌の先で上ずみをぺろっと一回だけ舐めて、それでおしまいというのが、知る人ぞ知る私の習慣となりました。

縁をお互いに引き合うと絆になる

ただ男性の場合、酒づきあいが出来ないと、親しい友人が出来にくい習慣が、殊にサラリーマンにはあるようなので、これにはかなりの不満を自分自身に感じます。しかしその半面、お金の節約にはなります。

例えば、一日にタバコに500円、お酒に500円、合計1000円かかったとしたら、月に3万円です。年に36万円。それが私の場合、少なくとも30年は続いているので、計約1000万円、これに禁煙だけの期間20年を加えますと、私が75歳で一切の職を退いたあとで、大病のため長期入院し、生死を賭けた大手術を数回受けた際の医療費は、この断酒禁煙費でまかなえたことになります。

もう、日本酒、焼酎、どぶろく、ビール、ウイスキーその他、お酒というものが、どんな味だったかは、完全に忘れてしまいました。しかし、わが身に照らして、若い人にすすめるのは、「30歳になったら、たとえ月に1000円でもいいから、定年後のための貯金を始めなさい」という体験的事実からの渡世術です。他の貯金や保険とは別にです。

それはいつか「家族」のために役立つからです。家族の最大の敵は「貧乏」、お金が無いことなのです。うら淋しいことを書きますが、事実は事実です。まさに「金の切れ目が縁の切れ目」なのです。

家の中には夫と妻、親と子、兄弟姉妹など、物理的には説明不能な「縁」というつながりで結ばれ、二人がお互いに仲良く半分ずつ引き合いなさいと、縁と同じ糸へんの「絆」という字を家族に与えます。この引き合って絆をつくるエネルギーを愛と言うのです。

スリランカの爆発事件

平成の天皇陛下ご自身によるご退位の発表以来、放送や新聞に急に皇室関係のニュースや記事が増えましたが、そのほとんどが、敬意に満ちたものであったのは、喜ばしいことでした。俗な表現ではありますが、まさに「人去るに当って、その言や良し」でありました。ご家族の様子も、私達の家族を紹介するような平易で好意に満ちたものでした。

日本には1億2千万人以上、世界には80億に近い人が住んでいますが、自分の家族は食卓に座れば、ひと目で見渡せる程度の人数です。

ところが、日本では梅が満開になり、各地で家族連れでお花見に行こうかと話し合っていた頃、南の国スリランカで、キリスト教会や外国人観光客で賑わうホテルで、数カ所も一斉に爆発事件が起り、２５０名以上の人々が、一瞬のうちに命を奪われました。遺族の悲しみはいかばかりでしょうか。

私は僅か3時間のうちに、10万人以上が焼死体と化したあの凄惨な夜を、昭和20年（１９４５）３月10日に直接体験させられ、焼ける地面の上を、母を背中に乗せ、四つん這いになって逃げ廻り、目の前で人がのたうち廻って炎に包まれて行くのを何人も見させられました。

陽が昇ると、辛うじて助かった人達が、おうおうと大声を上げながら、茫然と歩いて行く、人間の世界ではない世界に放り込まれた体験を持つ私には、たった1度、３日間しか行ったことがないスリランカでも、遠い空を越えて、遺族の悲しみは身に沁みてわかります。

満州から引き揚げて来た母娘

昭和21年（１９４６）秋、私は旧制弘前高校の2年生でしたが、３００人が暮らす学生自治寮北溟寮の委員長に推挙され、超食糧難時代を乗り切るために、東奔西走していたことは、本書でも何度も繰り返して書いています。社会は最低の時代でしたが、私にとっては、90年の人生で、人のために生きた最高の時代でした。

秋田県の大館（おおだて）へ行った帰りの列車で、私の前の席に、一見して満州（現・中国東北部）からの引き揚げ者とわかる服装のお母さんと、4歳ぐらいの顔色の良くないお嬢ちゃんが座りました。

聞けばご主人は侵攻してきたソビエト兵（当時）に2人の目の前で連れて行かれたとのこと。そして、最後に叫んだのはこの言葉でした。

「もし日本へ帰って生活出来なかったら、僕が子どもの時に行った津軽のおじさんの家へ行けよっ」

引き揚げの疲れ切った長い列の一番後ろをよろよろと小さい女の子の手を引いて歩き、飲むも食べるも無く、やっと内地へ戻ったものの生活は出来ず、ご主人のあの叫び声を頼りにこの汽車に乗ったが、かすかに耳に残っているのは、大きな神社があって山がある近くだったという、満州へ入植した当時の話なのですが、それは弘前駅からすぐでしょうかと聞かれました。しかし、根が東京人の私にはわかりません。

まわりにいた乗客に尋ねると、そんだばハァ、岩木山神社でねべか、でも遠くてマイネなどのことでしたが、私には乗りかけた船になりました。

駅を出てから、女の子の手を引いたり、おんぶしたり、馬車の荷台に乗せて貰ったりして、ようやくおじさんの家を探し当てたのは真夜中でした。女の子は私の背中で寝てしまっていたので、蒲団に寝かせると、私は寮への帰り道を急ぎました。疲れ切って到着した時には、夜は白々と明けていました。

3本の美しい芍薬

3日後のことでした。例によって夕方お城から帰って来ると、校門の前にあの親子が立っていて、私を見つけると、女の子が走り寄って来て、私に抱きつきました。どうしたんですかと聞いて驚きました。

「この子は疲れ切って、翌日の夕方までぐっすり眠りました。昨日の朝でした。起きてすぐ庭を指さして、あそこに咲いている綺麗なお花を、ここへ連れて来てくれたあのおにいちゃんにあげたいと言い、何度もせがみました。あんなに長く一緒に歩いたのに、私はうっかりしてお名前もお聞きしませんでした。この子を寝かせると、お茶一杯お飲みにならずに、あの真夜中にお帰りになりました。

おじとおばが高等学校の書生さん（？）だったとは言いましたが、どうすればこの子の願いを叶（かな）えてやれるのか困りました。ところが今朝隣の方が高等学校の近くまで、馬車で荷物を運ばれることがわかり、お頼みして乗せて戴いてここまで来ました」

　到着したのは2時間近く前だったのですが、私の名前もわからず、学生達に心当りをと聞くと、かなりの数の学生が校舎や寮を探してくれたそうですがわからず、もうすぐ連れて来て下さった方が迎えにここまで来るので、あきらめかけていたところへ、私が帰って来たのでした。

「あの……これが……この子が……差し上げたいと……」

　そう言ってお母さんがそっと差し出したのは、新聞紙にくるんだ細長いものでしたが、花でした。お母さんがはいとお嬢ちゃんに渡すと、お嬢ちゃんは、

「……はい……ありがとうございました……」

と、つぶらな瞳で私を見上げながら、小さな両手に花を持って、私に差し出しました。

「ありがとう」

　と言ってお嬢ちゃんから受け取りました。

「芍薬（しゃくやく）です」

とお母さんがひとこと添えてくれました。これが私が生れて初めて、3歳でしたが、女性から、そして僅か3本の束ではありましたが、きれいな花束を戴いた記憶すべき出来事でした。

この瞬間に浮かんだのが、私の決り文句の一つ、「神様は地球上に二つの『美』をお創りになった。一つは女性であり、もう一つは大自然である」です。

女性は花であり、花は女性である

およそ35年後に、私が政府からの「21世紀の地方行政の基礎原案」の依頼に対して、叩きつけるようにして、「治山治水」と書いて即答した遠因はこの芍薬の瞬間にあったのです。

女性の命は文学的にはしばしば花の命にたとえられますが、私はこの時点から、女性そのものが花であり、花は即ち女性そのものなのだという美学を抱くようになりました。「立てば芍薬、座れば牡丹（ぼたん）、歩く姿は百合（ゆり）の花」は、私のような和風数え年の穴露愚人にとって、女性の美しさを端的（たんてき）に表現する言葉でしたが、いま平成から令和の女性、それも

10代から70代ぐらいまでのすべての女性に対しては、この美しい表現を全面的に撤回し、変更したい気でいます。

「立てば、ガラケー、座れば、パソコン、歩く姿は、スマートフォン」にです。

椅子に座ればすぐに足を組み、バッグからスマホを取り出し、タバコに火をつけ、真っ昼間からビールやワインを飲み、足を組んだまま食事をし、その間にもスマホをいじり、最後は食べ物を残して立ち去って行く姿に、私は「女性」を感じないのです。数え年ではなく、西洋風の満年齢の神様は恐ろしく不作法です。

北国の冬

津軽と同じみちのくの天地の中に、松尾芭蕉の句、

閑さや　岩にしみ入る　蟬の声

があるのを実感したのも、敗戦後2年目のこの芍薬の花の頃でした。

岩にしみ入るほどのたくさんの蟬の鳴き声が降り注いでいるのですが、この句の中に日本人は静けさを感じ取ることが出来るのです。稀有の能力です。

芍薬のお嬢ちゃんと出会った冬は、一年中食糧の確保や頻発する停電対策のための電力会社との交渉、戦後初の寮祭の復活、戦時中閉ざされていた各種部活動の再開、少しのちのいわゆる全国学生連盟（全学連）青森支部結成のための各学校との連絡など、本来の学業をすべて放り出さないと毎日が進んで行かない状態に置かれました。

雪が降り出した11月初旬には、完全に疲れ果て、冬休みに入った途端に起き上るのも面倒になっていました。寮生全員は帰省したものの、委員長と数名の役員は留守番をして、新年に備えることになりました。

秋田方面に用があったのですが、それなら途中に燃料の亜炭を露天掘りしている山があり、そこに小さな旅館があって温泉が出るそうだから、秋田市内よりもそこで1泊して、ゆっくり休んで来るといいよと、寮の炊事のおばさん達に勧められ、そうすることにしました。

ただし、駅は無く、枕木を積み重ねてつくった信号所があって、一日に上り下りの列車がたった1本ずつだけど、そこに臨時停車するので、それがたった一つの交通手段で、そこから山を少し登ると聞かされました。

その日の夕方、すでにかなり雪が積った急坂を、蒸気機関車は白煙を色濃く吐いて登り、上りの信号所に止りました。降りた客は私一人で、車掌さんに切符を渡し、線路を横切って、膝までの雪を踏みしめて歩いて行くと、向うから懐中電灯が見え、それが迎えに来てくれた旅館の人であることがわかりました。私と同い年ぐらいの娘さんでした。

小学生の頃は父と母と兄と4人で、よく伊豆の熱海や伊東の温泉に行きましたが、戦争になってからは一度も行けず、久しぶりの山の湯の小さな温泉につかり、手足の先がじーんとしびれました。

風の表情をとらえる

部屋に戻ると、さっきの娘さんがお茶を運んで来ましたが、私はハッとしました。ずいぶん長い間見なかった若い女の人のきもの姿だったからでした。口には出しませんでしたが、心の中で綺麗だなあと言いました。聞けばここの宿の奥さんの姪(めい)で、東京の大学へ行っているが、冬休みでここへ来た、ここが大好きなのでと話してくれました。年は私と同じでした。

「どうしてこんな山の中が好きなの……」

「えっええ……風……風の音が……好きで」

「風の音？？？」

「はい……あ、いま、ごおーって言ったでしょ……あれは北の方から吹いて、峠の三本松を越えて、谷へ吹き下りる音なんです……あの谷の崖には、夏、とても美しい白い百合の花が、なぜか昔から……3本だけ咲くんです……あ、ひゅーって言ったでしょ……あれは西から吹いて、落葉松（からまつ）林を通って、ひばの間をくぐり抜ける音なのよ……」

私は半ば唖然（あぜん）として娘さんを見つめました。東京の下町では、電線に木枯しが鳴るのが関の山で、風に表情があるなんて、思いも及ばなかったからでした。私は思い切って窓を開けました。吹雪が風にあおられて、さあーっと部屋に吹き込んで来ました。

あれから50年後、青森の図書館長時代に、青森・秋田にまたがる白神山地に行く機会があって、いまでも山の中で生計を立てている方達がいてお会いしました。その方達は世界的にここが有名になってから、急に登山者が増えたが、山の景色を眺めに来るだけなんだなあ、オレ達に言わせると、山を感じて欲しいんだよなあと言われましたが、私にはその気持ちがわかりました。あの10代の若き日に、あの娘さんから、風が表情を持っている話を、しみじみと聞いていたからです。

月と子どもに満たされる

この延長上の心理ではないかと思うのですが、数えの90歳に入る直前あたりから、月を好んで見るようになったのです。殊に満月を。

毎月、細い線を引いたような上弦の月が出始め、やがて十三夜、十六夜と経て、ある夜突然見えなくなります。眺めるのはせいぜい1分間ぐらいですが、眠りにつくまで、なぜか妙に心が落着くのです。

もう一つ、私に安らぎをくれるのは昼間です。生れて数カ月の赤ちゃん、幼稚園や保育園の子ども達、そして小学生と道ですれ違ったり、遊んでいる姿に接すると、ああ、この子達もこれからいまの私の年齢以上の長い人生を歩いて行くんだなと感じて、ほほ笑みがひとりでに自分の表情に浮かんで来るのを感じるのです。

元号は変っても、一人ひとりの毎日の暮らしには何の変化もありませんし、この子達が幸せな人生を歩めますようにと、ひそかにほほ笑んで祈る気持ちも同じです。

第15章　わが心友達よありがとう

心友へ、心をこめて

わざわざ本屋さんまでおみ足をお運び下さって、私同様無職で年金暮らしのご老人は、文字通りこれが最後のフトコロ工合と、後生大事に蓄えていた自分の葬式代もはたいて、この本をお買い求めになって下さったであろうことは、重々承知しております。ありがとうございました。

にもかかわらず、厚かましくもここでたってのお願いを申し上げたいのは、このあとこの400字詰め原稿用紙――100円ショップの1割引きで買いました――を、30枚ほど、私と私がわが心の友「心友（しんゆう）」と勝手に呼んでいる、熊本県と青森県で私がたった一人の水先案内人的講師として開いた社会人のための学習サークルに集ってくれた全員で推定1500人ぐらいの人達ですが、たぶんこれが最後になると思われる勉強会を、この紙上で持ちたいのです。伏してお願い致します。よろしく。

やあ、熊本の「日常塾」、青森の「あおもり塾」のわが心友の皆さん。元気に新しい元号の時代を迎えたと信じます。

熊本の日常塾は、もしかしたらこの初めて知った過疎の中では、一人も入塾希望願書を出してくれる人はいないのではないかと想像していたら、なんと定員の12倍にもなって、会場として小会議室を貸してくれることになった県立劇場の職員が、「こら東京大学ば受けるよりも、ずっと難かしかバイ」と驚いたのが、昭和63年（1988）の秋の終り頃のことでした。

戦争から敗戦、さらに入局1年後に始まったテレビ放送の呆れ返るほどの急速な普及と、バブルが膨張し、そして大崩壊する日本史上最悪の社会の真っ最中でしたから、現場で働くわれわれ職員の驚嘆は当然でした。

皆さんにとっては、それこそ耳にタコでしょうが、私は10代の青春——90代になってもハゲデブメガネ、ゲジゲジ眉にドングリ眼（まなこ）、鼻ペチャワニ口（グチ）二重アゴ、三段腹（さんだんばら）に超短足と言われ続けて来た私にも、青春はあったのです——に抱いた2つの生き方、「感動無しに人生はあり得ない」と「人のために生きてこそ人」の自家製処世訓を、60歳以後の人生でなんとか具体的な形につくりたいと考え、そのためには放送界と東京を離れ、テレビの虚像で人々の間にひろがった自分を捨てなくてはならないと考えていたのでした。

あ、私の癖で、例によって話がそれますが、私のこうした自分自身しかわからないつぶやきを、「あおもり塾」の書道家上口清次（かみぐちせいじ）さんが克明に拙著から拾い出して、色紙や揮毫さらには本にまとめて下さっているのは、私にとって望外の幸せの一つです。上口さん、ありがとう。

ついでにと言ってはあまりにも失礼だけど、平成31年（２０１９）2月23日に、横浜中華街の重慶飯店で、私の90歳の月遅れの誕生会を開いてくれて、熊本から青森から20名を超す心友が集って、私にとって人生最高の輝きを贈ってくれました。毎年この会をリードしてくれる「あおもり塾こころクラブ」の副会長有馬克実（ありまかつみ）さんの献身的努力は、直接有馬さんにも言いましたが、まさに私の「人のために生きてこそ人」の言葉の具体的な形でした。

青果会社の社長という、毎日早朝からの重労働にもかかわらず、毎年この誕生会の当日か前後の日に催され、私自身も第1回以来15年間実行委員を務めた総務省の所管で、NHKホールで上演され、NHKの教育テレビでも放送される「地域伝統芸能まつり」への見学のために行う団体席確保の主催者との交渉、ホテルや会場の手配など、一つでも難しい仕事をやってのける努力は、私の夢に描いた人物像でした。またクラブそのものをリードしてくれた幹事さんの献身も素晴らしく、あらためて両塾生に深く頭を下げます。

また同時に、有馬さんと緊密に連絡して、熊本で丸一日日常塾を主催し、幹事さんと協力してクラブ便りを発刊するなど、熊本県菊池市の元市長という名誉がもたらすに違いない激務の間を縫っての牧俊郎さんの献身と人徳にも、深い感謝と敬意を捧げます。

熊本の日常塾は、人柄を慕われた清島さん、熊本ナンバーワンの旭タクシーの会長だった赤池さん、塾生の日常の安否を、すでに塾を閉じて横浜に帰り、さらに青森へ行った私に、細やかな愛情を感じさせる文体で知らせてくれた副会長の安倍桂子さん。極めて優秀な音楽家であり、また草木染を主とした染色の名手でもあった吉良圭さん。歴代会長は皆さん素晴らしい方達でした。

赤池さんは私と同年で、私以上の重度の糖尿病でしたが、塾終了後、奥さんに車椅子を押して貰って、熊本でも青森でも私が教材に使った、あの高村光太郎の詩にあった安達太良山に登りました。また、自身の日記、それは私が、人間はこれほどまで克明に自分の過去を記録し記憶することが出来るのかと驚嘆したほどの文書数千枚でしたが、本にまとめたいと相談に来られたので、お手伝いさせて貰いました。

吉良圭さんは私が青森にいた時、染色の同好の方達と津軽の塗り物や織物の研究のために来られ、2時間ほど皆さんと歓談しましたが、圭さんが肉が大好きで見かけとは違って、よく食べられるのには驚きました。

しかし、皆さん揃って私より先に鬼籍に入られ、私は毎年のように丸一日日常塾が終ってからの薄暮の中で、お墓参りをしました。その度に「運命」を感じました。中でも安倍さんの立派なお墓が、あの熊本地震で、斜め後ろに倒れたままで、暗闇になった広大な墓苑に横たわっていたのには、心が深く傷つきました。あらためて冥福を祈ります。

アナウンサー時代からの夢

ＮＨＫへの就職は、神様が腹を抱えて大笑いするくらいの大偶然でしたが、そのあとは定年の日まで全く無風でした。外から見れば波瀾万丈だったかもしれませんが、私自身の内側はひねもすのたりの春の海だった気がします。

ただ大きな心配が1つありました。子どもの頃はいまで言うひきこもり的性質でしたが、これは旧制高校時代の委員長生活でなんとか解消したとしても、明確には昭和36年あたりからの猛烈社員暮らしで、酒酌み交して語りあう友が一人もいないことでした。友のいない人生ほど淋しい毎日はありません。一人でもいいから、手を取りあえる友が欲しい、それが毎日のように、頭の中に一杯にひろがっていました。

昭和63年1月23日、定年退職の日が来ました。

マスコミは一斉に次は何をするのかと、夜討ち朝駆けで聞いて来ました。実は2年ほど前から私は私なりに取材網をかいくぐるようにして準備していたことがあったのでした。

それは皆さんには耳にタコでしょうが、私に「人のために生きてこそ人」という自家製処世訓の動機となったあの、戦争孤児収容所で、真冬の冷たい水に手を入れて、自分のだけではなく、一緒に暮らしている子の分まで一生懸命洗濯していた、いまで言う知的障害の10歳ぐらいの女の子の優しい気持ちに応えるのは、定年後のいましかないと思っていたのです（この女の子の話は『気くばりのすすめ』（講談社）にくわしく書いています）。

私は、障害や病気のある子ども達が昼間遊びに来て、夜は社会人の学習サークルのような集りが可能な建物をつくろうと考えていました。のちに前者が「こころコンサート」、後者が「日常塾」へと進化して行きます。そのためには旧制高校と旧制大学時代にお世話になり、土地カンも多少はある弘前か仙台がいいなと思い、実はマスコミの取材網をかいくぐって、まず仙台へ行き、ここがいいかなという土地まで内心決めていました。

ついでのことに告白しますが、熊本での仕事を始めたあと、実は仙台市に頼まれて、いまも榴ケ岡（つつじがおか）にありますが、市民ホールの建設の手伝いをし、開館記念のN響演奏会とテレビの「のど自慢」の生番組での放送も交渉し、実現しました。仙台への恩返しと、地元紙の『河北新報』が記事にしてくれたことがあるのです。

大学で私の学科の後輩に当る方が初代館長になってくれましたが、いつぞやこのホールへ講演に行った時、建設当時にいた方が、ホールのレストランで働いておられ、落成の際に私が発注した公立の施設の食堂にしてはやや高級だった食器を出して歓待してくれました。いまだからの打ち明け話です。

夢と現実の隔たり

昭和63年（1988）7月1日。つきまとうマスコミの眼をさけて、宮崎経由で熊本県立劇場に着任したものの、それまで放送現場の一介の職人だった私が、地方政策の一端である文化行政の一部を、館長という名称で担うことになりました。

熊本県にどんな文化があるのか全くわからないので、着任後直ちに全市町村を巡歴したい、ただし、私は車を持っていないし、運転も出来ないので、県庁の車を一台、運転手さん付きで貸して戴きたい、これが引き受けの唯一の条件でした。マスコミが書いていたように、鈴木健二が移れば、文化そのものが動く、スカウト料は莫大(ばくだい)というお金の話は、ひとことも出ませんでした。

8月。巡歴を始めて愕然としたのが、休耕田に生い繁る雑草に象徴される過疎でした。どこの村でも町でも、出て来る言葉は、「ばってん、なんせ人のおらんすけん、なーもでけんとたい」でした。この現実をマスコミの最先端にいながら全く知らなかった恥辱は、いまも私の体にしみ込んでいます。

しかも劇場は築5年目なのに、熊本市内をはずれると、「県立劇場てのはどこさんあっとですか」と、知らない人がほとんどなのでした。西日本ナンバーワンのホールという事前の触れ込みがあったにもかかわらずでした。

しかし、救う神もあって、子守唄の五木村近くの公民館で、何かの踊りを笛と太鼓に合わせて舞っていた数名の人がいたので聞きますと、昔から伝わっているお神楽だとのこと。この瞬間、私はここに村おこしのエネルギーがかすかに残っていると感じました。

巡歴を中止して熊本市に戻った私は、まず図書館へ行って、神楽などの伝承芸能を調べ、完全復元には人手不足もあって、1つの村で3年はかかる、そのための予算はと、会計係の職員に聞いたのですが、そういうのは見たこともありませんと言われてしまいました。地域の文化を新しく振興するお金は、国にも県市町村にも文化会館にも、一銭も無いことが判明しました。あってもせいぜいホール使用料の割引き、照明代の無料、大道具の手伝いなどでした。

ただ独立法人なので基金制度をつくって、寄付を募ることは可能、ただし税の控除は不可能とのことだったので、私は退職金も少額だが貰ったばかりだし、それを元手にと、熊本県立劇場文化振興基金制度を自分で創設し、例えば講演料などを、私は受け取らずにこの基金へ主催者から寄付して戴いて積み立てて行くなどを決めました。

しかし、十数名の職員では、年度内にすでに予定されている催し物を遂行するだけで手一杯です。そこで私が思い立ったのが、かねてから自問自答していた〝手をつなぎ、心を寄せあう友を持とう〟という意志を、たとえ1人でもいいから獲得することによって実現し、10代の青春からの思いを形にすることでした。

日常塾の始まり

まずこの会の名称を、自腹を切って、1等金1万円也で職員から募集しました。残念ながら当選作はありませんでしたが、使われていた文字を集約して、私が「日常塾」とし、応募者への文章を作成しました。

「これはカルチャーセンターではありません。20歳以上の方ならば男女の別無く集って、厳しく学びあうサークルです。泣いて帰る日もあるでしょう。必ずハンカチを持って通って来て下さい」

と、募集文句とはおよそ程遠い文言を使い、さらに100字のマス目を挿入して、ここへあなたのモットーを書いて下さいとお頼みし、私は氏名、年齢、男女別、住所などは一切無視し、このモットーだけを見て当落を決めました。私一人で12倍の応募を処理しましたが、終ってみると、男女が丁度半々、住所も市部と郡部がこれまた半分ずつの奇跡でした。

昭和が平成に代って1月12日午後1時半、日常塾は開講しました。緊張した表情の1A

クラス20名。驚いたのは窓際から壁沿いに、ずらりと並んだマスコミ各社各局の記者とカメラの多いことでした。

それから平成6年まで、昼夜2クラスずつ年間3回、合計36組、1クラス20名ずつで、全部で720人もの人が勉強しに集ってくれました。この中から1人でいいから、これからやろうとする仕事に手を貸してくれる心の友が出てくれるといいなあと、私は自分自身に祈るような気持ちで接しました。

ところが、どこでどのようにして私の祈りが通じたのかわかりませんでしたが、私が一人ひそかに涙ぐんで、心の中でありがとうと叫んだ夜が来たのでした。それがあの平成2年2月16日の波野村中江岩戸神楽三十三座徹夜公演中の夜10時頃だったのです。

神楽公演の忘れられない夜

1200人収容の演劇ホールに、なんと北海道、東京、大阪、沖縄などからのお客様を含めて、8000名ものふるさとを慕う人々が集り、県立劇場は超々満員にふくれ上りました。せいぜい500人ぐらい来るかなと見積っていた私の大誤算でした。いま、皆がふるさとの暖かさが恋しいのでした。

私は座と座との間の場面転換の間の5分間を利用して、この神楽の源となっている『古事記』や舞の作法や出雲の源流から、どのようにしてこの波野村まで伝わって来たかなどを解説しました。合計2時間45分でした。

しかし夜、10時頃。超満員の不手際をお客様にお詫びして廻ったり、整理したりしている人達が、劇場の職員だけではないことに、舞台の上から気づきました。それが日常塾の皆さんだったのです。会長の赤池さんも病軀を車椅子に乗せて、玄関で切符のもぎりをしているという知らせも届きました。2月の寒夜にです。

明けて午前11時。三十三座の終幕「大神」が鳴り止まぬ拍手のうちに幕を降ろしました。まさに22時間ぶっ通しの、しかも徹夜公演でした。劇場興行の常識と歴史を遥かに超えた上演でした。

私は村から手伝いに来てくれていた奥さん達にも全員舞台に出てもらい、思い切ってカーテンコールをしました。帰りかけたお客さんが「おう」と声を上げて立ち止りました。私も袖から舞台へ出ました。文字通りの万雷の温かい拍手の中で、この神楽の保存会長さんが、泣きながら私に抱きついて来ました。私も抱きしめました。会長さんの涙が私の首筋に伝わりましたが、その涙が通った道筋を、私は30年後のいまもはっきり覚えています。

私は客席に向って、正座して座りました。すると神楽保存会の人達も奥さん達も皆座りました。私が両手を舞台の床に突いて、お客様に向って、

「ありがとうございました」

と、深く頭を下げると、村の人達も下げました。

この時、私が言い、村の人も言われた「ありがとうございました」の声は、私の90年の人生の中で、これまでで最高の価値のある「ありがとう」でした。

お客様が演劇ホールを出られてすぐ、私はお手伝いをしてくれた日常塾の皆さんに客席に着いて貰いました。私が手伝って下さいませんかとお頼みしたわけではないのです。塾生の皆さんが相談して、徹夜で手伝って下さったのです。

「ありがとうございました」

床に正座した私は、また深く頭を下げました。すると塾生の皆さんもありがとうと言ってくれましたが、その中で、ひときわ大きな声で、

「先生、こちらこそありがとうございました。素晴らしいものを見せて戴きました。熊本県がこんなに美しい芸能を持っていたのを、私達は全くいままで知りませんでした。ありがとうございました」

そう言ってくれたのは、赤池さんでした。

私はもう一度頭を下げてお礼をしましたが、その瞬間、そうだ、この方達が私が探し求めていた手をつなぎ、心を結びあう友なのだというひらめきが、私の頭の中をよぎりました。親友ではなく、「心友」なのだと思いました。

魂が流す涙

皆さんが帰られた午後、私は職員達と演劇ホールの舞台の床を雑巾で拭く仕事をしていました。隣で拭いていた若い女性職員が手を休めずに、ふとつぶやくように言いました。

「男の方でも涙を流して泣くんですね」

「え、なに」

「さっき皆さんが舞台に集まられた時、お神楽をやられた村の方達、それから舞台に駆け上られたお客様……それも中年高年の男の……」

私ははっとしました。涙には2種類あって、悲しい時のは生理的なのだろうが、感動の涙は、心が、精神が、魂が流す涙なんだ、これが人間が生きようとする意志を表現する涙だし、これを相手に、他の人に確実に伝わったあかしが、ありがとうという言葉の交わし合いなのではと感じたのです。

それならあの洗濯をしてくれた女の子――風の便りでは、交通事故がもとで亡くなったらしいが――に、他の子がありがとうと必ず言っていたあの光景は、心を結びあうことだけが、孤児となったあの子達にたった一つ残された生きる道だったのでは……。あの子の鎮魂歌（レクイエム）を！　あれから70年後のいま……！　ありがとうのしるしに！

次の試みをさっそく始める

翌日から私は3度目の巡歴に出ましたが、今度は各所のコーラスグループや養護学校、障害者施設などでした。劇場の職員は館長は何を考えているのかわからなかったと後で言っていました。

私は少しでも時間があると、走り書きですが、これから行く訪問先へ、障害を持つ子や人と手を取りあって大合唱するコンサートを、3年先を目標にして開きたい旨の懇願を手紙で伝えました。

しかし、すべて断られました。うちの学校では音楽教育はしていません、介護するだけで手一杯で、とてもとても。なんで私達が障害のある方達と歌の練習をしなくてはならないのですか、私達は発表会で忙しいんです、などがお断りの理由でした。

しかし、1通の手紙に私は励まされました。養護学校に勤めて4年目の若い女性の先生からのものでした。これを拝読した時、私はすべての熊本県民が反対しても、この先生ひとりのために、必ずいつかこのコンサートを県立劇場のコンサートホールで上演してみせると決心しました。

「先生からのお手紙を拝見して、これでうちの学校へ通って来ている子ども達が、明るい笑顔で社会に出て行くことが出来ると思い、お手紙を胸に抱いて泣きました……」

コーラスグループの方達と障害を持つ子ども達や施設の皆さんが、手をつなぎあうまでに3カ月、肩を組みあって、笑顔で歌うまでに、さらに3カ月かかりました。

県内22カ所に練習所を契約して借り、そこを走り廻って、指揮者と各グループが歌う曲目を決めるのは簡単な仕事ではありませんでした。

しかし、言わば私の秘書的役割で県庁から転勤して来た緒方洋子さんの見事な仕事ぶりと人柄を見込んで、劇場の理事長でもあった知事と相談し、全国の文化会館では恐らく初めてと思われる広報室を新設し、その室長になって貰いました。

しかも、緒方さんは詩人でもあり、詩集を出版した経験もあると聞いて、コンサートのフィナーレでお客様を交えて、ボランティアで任意に集まって下さるであろう100名以上のオーケストラの伴奏で、大合唱したいそのテーマ曲の歌詞の作詩を頼みました。さらに熊本音楽短期大学学長で私が深い知己を得ていた出田憲治さんのご子息で、大学副学長であり新進の作曲家であった出田敬三さん（現・平成音楽大学学長）に作曲を依頼しました。

ボランティアの本当の意味

ボランティアという言葉が日本人の口の端に上るようになったのは、阪神・淡路大震災以後ですが、その3年も前で、しかも中央から見れば僻遠の地である熊本で、ボランティアをお願いするのは、一通りの難儀ではありませんでした。「無料の奉仕」という答がせいぜいでした。

「違います。ボランティアの本当の意味は『我ここに立てり』、つまり私はここにしっかりと立っています。あなたもいまは様々な障害に苦しんではいますが、いつかはしっかり立とうと努力なさっている人なのですね。それでは共に手を取りあって、良い社会をつくることを目指して、一緒に努力して行きましょうというのが本来の意味です」

と、行く先々、会う人ごとに話しましたが、簡単にわかって戴ける事柄ではありませんでした。

時はすでに平成に入っていましたが、１９９３年4月25日の公演が近づいたある日、劇場内の廊下を歩いていた私は、思わず足を止めました。かなりの数の塾生が集まって、何かをしていたのです。

私は柱の蔭にかくれてそーっと見ると、手話をしているのです。あとで知ったのですが、塾生の中に手話が出来る年配の女性の方がいて、その方の指導で、完成したばかりのテーマ曲（緒方洋子作詞、出田敬三作曲、鈴木健二監修）「あなたの手をわたしに、わたしの心をあなたに（ユア ハンド マイ ハート）」を練習していたのでした。

この曲はすでにＮＨＫの厚意で、総合テレビの「みんなのうた」やラジオ第一、ＦＭ放送などで、全国向けに流されていたのですが、まさか塾生の皆さんがひそかに集って、手話にしているのは、私は全く知りませんでした。しかし、こうした行為行動が私が10代の旧制高校生以来、夢に描いて来た「人間としての素晴らしい行い」だったのです。それを心友の塾生の皆さんが私に示して下さったのでした。

ありがとう、ほんとうにありがとう。

のちにコンサートを見に来た北九州市や福岡県の公務員の方達からの発意と思いますが、北九州市と福岡県でもこのコンサートを開催しました。その時、それこそボランティアで熊本から馳けつけ、開演直前に通路に立って、この手話を観客の皆さんに伝授していたのも塾生の方達でしたし、練習の舞台中央の先端に立って、全体をリードしていたのが吉良圭さんでした。

文化振興基金事業の中で最もお金と時間がかかったのが、宇土市の「新伝承宇土太鼓26」でしたが、その時の踊り手100人に着せた揃いの浴衣と帯のデザインを、圭さんの草木染で依頼し、赤池さんの友人のきもの屋さんを紹介してもらってつくりました。

閉塾

私の糖尿病がひどくなって、3時間立ち続ける勉強を昼夜2回やるのが困難になり、それを気づかれないように、なるべく教室の後ろの方に立つようになりました。一方バブルが崩壊し、基金への寄付は全く宣伝をせず、私も外で一言も話さなかったせいもあって、寄付額は1年間に1万円ぐらいで心細くなり、塾はやむを得ず平成6年を最後として閉じました（ゴメンナサイ）。そして、村おこしとコンサートは春と秋に行いましたが、平成

9年秋には私は熊本を引き揚げて、横浜へ帰って、入院せざるを得なくなりました。

その少し前、珍しく圭さんが初めてひとりで館長室へ来て、塾生でコーラスグループをつくりましたので、名前をつけて下さいとおっしゃいました。

圭さんの音楽的才能の高さは知っていましたが、提出されたメンバー表を見ると、へえーこの人歌えるのと、首をかしげたくなる人ばかりなので、私はそれぞれがそれなりに声を出せばいいよと、「熊本県立劇場ソレナリ合唱団」と命名しました。しかし、圭さんには世話になっているので、「白い木蓮」というひとことを贈りました。

しかし、その言葉は私の、10代からいま90代までを貫いてくれたたった一本の、しかもはかない「美」に対する意識が、僅か15秒ほどの間に私の心の中に生れた根源であることは、塾生ならば連想して戴けたと思います。

熊本県立劇場ソレナリ合唱団――白い木蓮――。少なくとも私の眼の黒いうちは、歌い続けてね。ソレナリでいいから。

懐かしの青森へ

テレビに復帰かなどという例の如き虚報が早くもちらつき始めた頃、所用で上京した私を、青森県知事の木村守男（きむらもりお）さんが深夜突然訪ねて来ました。木村さんは知事会でも有名だったらしい早口の津軽弁で、あなたは旧制弘前高校の出身なのだから、青森県で働く義務がある、あなたが10年ほど前に熊本へ行った時、私は県民にどれほど叱られたかわからないという、聞いていた私の方が全然わからない論理を滔々（とうとう）と振り廻して述べられました。

結局私は木村さんの県民を思う情熱にひかれて、来年4月に青森へ行きますと返事をしてしまったのですが、木村さんが「では、青森県民文化最高顧問という肩書きで」と言われたので、私は椅子から転げ落ちるほどびっくりして、「冗談じゃないですよ。そんなことされたら、私は一年中えんび服にシルクハットを被って、ステッキを突いて歩いていなけりゃならないじゃありませんか」と断りました。

しかし、私は10代の旧制弘高生の時に、県内のどこからでも、中心の青森市へ出るのが、殊に冬は不便であったのを身をもって体験していました。聞けば大変な過疎で、しかも冬の長期の雪害などがあって、いくら努力しても、なにかにつけて全国最下位になりがちなことも、木村さんの話以上にわかっていました。私は答えました。

「熊本の10年間の体験から、村おこし町おこしは心おこしから始めることです。まず500人が集まれば一つの大きなエネルギーになります。日常塾という社会人の学習サークルがそうでした。青森でもすぐ開きましょう。そして、愛と感動の心を多くの人が持ったのが『こころコンサート』でした。

着任したら直ちに全市町村を巡歴して、この町にはこの村には何が必要なのかを教育を通して調べさせて下さい。その一方で、2年以内に『こころコンサート』を上演します。塾はいますぐです。私は3月末までは熊本から通って行きます」と。

あおもり塾の誕生

かくして「あおもり塾」は社会教育センター主催の文化教育活動の中の一講座として出発しました。日常塾がもともと私個人の発想で、劇場の一室を、毎回使用料や電気代などを払いながら開催したのと少し趣（おもむき）は違いましたが、勉強の仕方や内容はほぼ同じでした。

そして、約束通り私が図書館に赴任して2年以内に、わが心のふるさと津軽は弘前で「こころコンサート」を開催しましたが、ボランティアの主力となってくれたのは、「あおもり塾」の皆さんで、5000人の大合唱でした。

木村知事は開演から終演まで、障害のある方や子ども達に寄り添われ、エンディングの大合唱では、出演者の間に入って舞台に立たれ、一緒になって高らかに歌われました。

70歳の4月1日、正式に図書館に着任した私は、直ちに県下全市町村巡歴の旅に出ました。50年、半世紀ぶりにわが心のふるさとであり、青春の地に、人生で決して数多くはない偶然によって立つことが出来ましたが、津軽富士の温容、古城の桜の美しさ、街の中に漂う静けさは同じでした。

しかし、街の姿はすっかり変ってしまっていて、弘前へ行っても、あの白い木蓮の花影の人の家がどこにあったのか、全く見当がつきませんでした。でもいま残されている私の命の僅かな時間の中で、どこかできっとと期待は持っています。

なにしろあの一瞬のあの人の姿が、あれから今日までの七十有余年の間、人は皆美しい存在なのだという観念を青春の私に描かせ、多くの困難を越えて抱き続けさせてくれたのですし、またそれによって、その正反対の戦争、殊に戦争による死が、いかに醜いかを、脳裏の奥深くに叩き込まれたのですし、そしてこれは世界中で私ひとりが秘める心の軌跡であり、奇跡でもありますから。

孤独はいつの間にか訪れる

日常塾を閉じて二十有余年、あおもり塾を去って15年以上になりますが、それにもかかわらず、こうして皆さんに語りかけ、年に1度でしたが、青森で熊本で、朝10時から夕方4時過ぎまで、丸一日中集って学びあえたというのは、毎回私が言うように、これは奇跡中の奇跡です。皆さんの学校時代のクラス会、学年会、同窓会を考えてみて下さい。いま何人集りますか、私の場合はもはやゼロに近いです。

考えたくはありませんが、いまは皆さんまだ若いから、孤独などは爪の垢（あか）ほども感じないでしょうが、いつかはいまの私のように、90代に入ります。

そこで待ち構えているのが孤独なのです。これは自分でつくる場合も性格的になきにしもあらずですが、いつの間にか孤独という環境の中に自分が置かれているのです。話し相手が一人も身近にいないのです。

一人暮らしや孤独死を、いま政治的社会的問題として捉えようとしていますが、そうなる寸前までは、孤独とは自分自身が、知らぬ間に、周囲から時間をかけてつくられてしまう環境であるのを私は知りました。

「お互いが救孤剤になろう」と、昨年あたりから、私は熊本でも青森でも、塾生の皆さんに語りかけるようになりました。

塾生同士がお互いに触れあった時間は、当時は1回に3時間、それが3カ月の間で12回、計36時間、つまり1日半にしか過ぎません。それでも年に1通でいいから、ハガキか手紙を送れば、なぜか心の淋しさから救われて、ホッとした楽な気分になれるのです。丸一日塾の時の私がそうです。お互いが救孤剤になっているのでした。

ガラケーやスマホなどではなく、あなたの人柄がこころに温かく伝わって来るハガキや手紙でなくては駄目です。

有馬克実さんから電話があって、今年（２０１９年）の青森県の文化祭は、10月５日の土曜日だということでした。毎年「あおもり塾こころクラブ」の丸一日塾は、この文化祭にあわせて開かれています。果して、今の私の健康状態が津軽までの旅を許してくれるかどうか、全く未知数ですが、這ってでも行きたいですと返事したこともありました。

読者の皆さま　ありがとうございました。私と私の心の友達のために、紙数をお与え下さいましたことを、心から感謝致します。

しかし、10代の青春に、生きて行く自らの志を立て、22歳から定年までは、働いて家族を養い、定年後は10代の志を形にした生き方の見本の一つを、日常塾とあおもり塾の私の心友達の力を借りて、その一端をお示し出来たのではないかと感じております。

いま、平成31年4月30日午後11時59分30秒です。もうすぐ時報が鳴ります。ラジオの。

ピッ、パッ、ポ、プーン

鳴りました。平成が終って、令和が始まりました。しかし、この最後の「プーン」は平成の最後のプーンでしょうか、それとも令和の最初のプーンでしょうか。たった1つの音なのに、2つの意味を持つ微妙な音であり秒でした。

私が、この音の発信源のNHKに入局した時は、まだテレビが無くて、ラジオだけでしたが、この最後にしてかつ最初の音は、どちらの日にも属せず、つまり午後でも午前でもなく、「0(れい)時」だと教わりました。しかし、近頃の私からみれば、一番年下の孫のような若いアナウンサー連中は、ほとんどが「午前0時をお知らせしました」と言います。90代の私にとっては昭和も含めた平成の終りの音でしたが、いまの日本人にとっては、令和の始まりの音だったのでしょうね。

第16章　穏やかで静かにほほ笑みあえる世の中を

生老病死が生病老死に

父と母が明治・大正・昭和、兄が大正・昭和・平成、そして私が昭和・平成・令和のそれぞれの3代ずつを生きた、あるいは生きることになりました。

しかし、父と母は関東大震災と戦争（東京大空襲）、兄が関東大震災と戦争（学徒出陣・敗戦2年後に復員）、私が戦争（東京大空襲）を体験させられました。まさに戦争と災害に呪われたような一家で、家族らしい幸せの時を過せたのは、私が生れた昭和4年から、大東亜戦争が始まった昭和12年までだったような気がします。いま90代の私からすると、これまでの人生の約10分の1ぐらいです。

それでも家族のうちの誰かが、戦場や空襲や原爆で突然命を絶たれたり、私の両親のように、震災と空襲で2度も家財のすべてを失って、ゼロどころかマイナスから歯を食いしばっての再起を余儀なくさせられても、父は70歳代、母は80歳代、兄は90歳代まで、それぞれにその年代生まれの人の天寿まで生きられたのは、文字通り不幸中の幸いと言うべきなのでしょう。

日本人が生きた歴史の中には、生老（しょうろう）病死という観念がありました。仏教のあるいは釈迦（しゃか）の基本的理念の一つでした。確かに人間は、生まれれば必ず老いる、そして病いに罹（かか）って死ぬという生物共通の現象を背負って生きて行きます。これを天命とか宿命とも呼びました。

ところが、平成が20年を過ぎるあたりから、かねて心配されていたいわゆる高齢化社会ないしはズバリ高齢社会が始まると、近い将来には、年金が貰えなくなるという不安が、日本人の間に、若い人達までも取り込んで、急に広まって来ました。

それと同時に、生老病死の順番が入れ替って、生病老死になりました。早ければ、認知症を40代50代から抱えて生き、さらに死因世界ナンバーワンの胃ガンをはじめ、肺ガン乳ガンなどのガン患者の若いうちからの急増です。病源を体の中に持ったままで、老いの段階まで生きなければならなくなりました。

認知症やガンに侵された患者や寝たきりの生活をせざるを得なくなった高齢者を見守るいわゆる「介護」は、令和のいま、すべての日本人が身につけるべき最も必要度の高い道徳となり、徳目となりました。

惨めな敗戦となって終った大東亜戦争は、開戦前から、兵器や物量の圧倒的な差で、たとえ戦争を始めても３カ月しか戦えないことが、陸軍でも海軍でも、陸海軍統合の大本営でもわかり過ぎるほどわかっていました。

昭和天皇ご自身でさえ、敗戦後に「あまりにも精神性に頼り過ぎた」と述懐なさっている通り、明治以来の日本の政治のやり方は、あまりにもその場凌ぎの、まるで障子貼りのような、単に破れ目に紙を貼る的な方法なのです。ただそれに使うのりのつくり方と紙の切り方が上手になっただけです。

平成から令和にかけての外国人労働者募集の中に、介護職の項目があるのを、もはや日本人はこれを当然と思い、奇異とは感じなくなっています。しかも、外国人受験者は日本語の試験が一番難しかったと言っているのです。日本語が話せない介護者です。

先述しましたが、移住地対策の会で、私の報告に対して、鈴木さんはいつから左翼になったのかと大声を出した大学教授がいましたが、平成の終り頃に、たぶんＮＨＫだと思いますが、私と松下幸之助（まつしたこうのすけ）さんとの対談のテレビを見ましたという報告をしてくれた人がいました。

私はその番組を見ていませんし、その放送局からの事前の通知もありませんでしたので正確ではないのですが、もしそうならば、その対談は昭和48年か49年頃のものでしょう。私が松下さんに、南米で日本人の3世4世の人達に会ったが、彼らは日本へ行ってみたいが、日本の現在を知る現地語の本が全く無いので困っているとのことでしたので、月刊「ＰＨＰ」を現地語に訳して送って下さいませんかとお願いしたのでした。

さらに同じ頃、福田赳夫さんに、ブラジル、殊にサンパウロでいわゆるブラジル孤老と呼ばれて、屋根裏などに住んでいる日本の老人のために、小さくてもいいから病院を建てて貰えませんかなどとお願いをしていた時期の対談だと思います。

その直後、一時期日本の病院にブラジル出身の女性看護師さんが急増したことがありました。間もなくして、この方達は帰ったのか帰されたのかわかりませんが、私自身も腎臓病で治療中に、この方達のお世話になったことがあったのを記憶しています。

高齢社会は障害者社会

私の旧著をご覧戴ければおわかりになりますが、いま、小学校で英語教育が行われようとしています。しかし、すでに昭和の50年代に私は「同じ『ご』ならば、英語より介護を」と書き、政府機関主催の場でも、何度も主張していました。「こころコンサート」の時に、熊本でも青森でも体験しましたが、ボランティアで参加して下さった方のために、本番直前の日曜日に、車椅子の押し方をはじめ、障害者介護に必要な初歩的技術の習得の講習会を、専門家数名を講師に招いて開催し、これに参加することを、当日にボランティアとしての仕事が出来る条件としました。

その際に驚いたのは、中学生の呑み込みの早さと障害児への触れあいの温かみでした。それ以前に、県下約20カ所で行っていた練習でも、障害児の一生懸命さは、しばしばコーラスのお母さんお姉さんの目に涙を浮かべさせました。高齢社会はイコール障害者社会なのです。平成の終り頃になって、政府は高齢者対策と障害者対策を打ち出して来ましたが、遅過ぎた上に、両者を別々の社会現象として捉えているようです。対策以前に、障害者と健常者が触れあう場をつくることが大切なのです。英語の授業よりも、子ども達が障害者施設や介護施設へ行って、触れあう愛の心を自然に培っておくことの方が、令和からの日本人にとって、身につけておくべき徳目としても必要なのです。

世界中に日本語センターの設立を

英語よりも介護をと主張したついでに、私は世界各国に日本語センターの設立を提案しました。そこで日本語を習得すれば、日本へ来ないでも、日本から進出して来る企業に就職する早道だし、人材が得られるとなれば、日本の企業は安心してその国で仕事をする場をつくるだろうと思ったからでした。

このヒントは、初めてインドへ行った昭和47年（1972）、日本の時計製造会社が進出していた町へ行った時に直接体験したことから考えました。

「日本人……ですか……ＮＨＫの……」

前夜遅くこの町へ着いた翌朝早く、雨が降るような鳥の鳴き声に叩き起され、とりあえず話に聞いてきた進出日本企業を見に行こうと町の中を歩き始めた直後、突然背のすらりとした青年に話しかけられました。日本語で。

それからの数分間、インド英語と私のブロークン英語そして日本語のチャンポンでわかったのは、この町の一角で、夜皆が集って日本語の練習をし、自分がそのたった一人の講師で、日本からの短波放送を受信して勉強しているが、果して本当の日本語かどうかは不明。そこへ日本からＮＨＫの人が取材に来るのを耳にしたが、一度でいいから自分達にホンモノの日本語を聞かせてくれないか、教室へ来て。目的はあの会社へ勤めることだが……ということで、その夜私はそこを訪ねました。

着いて驚いたのは、部屋の中にぎっしりと人が集り、床に座り、壁際に立っていて、息も苦しいほどだったことです。私が部屋に入ると、一斉にナマステと言いながら、合掌してくれました。

それから3日間、その町に滞在している間、私はそこへ通いました。熱意に応えて、夜中12時まで、汗ぐっしょりで。しかし、最後の夜の別れは、涙また涙でした。

この時です。首都ニューデリーとこの町、そしてボンベイ（現ムンバイ）など、日本の会社が進出している各国の街に、日本政府援助の日本語センターを設ければ、お互いの発展に役立つのではないかと政治には無縁の私が思ったのは。令和1年から約50年も前のことです。外国人労働者に日本語の試験を、などはあまりにも狭い日本的思考のようです。

日本人は「日本英語」でいい

同じ「ご」ならば、英語より介護をという主張を公(おおやけ)の場でも、機会あるごとにしました。私は36年間、外国へ取材などで行っていた1年半を除いて、アナウンサーとして日本語で営業してきました。その経験からすると、英語を職業上必要とする人だけが英語の学習を続ければいいような気がしてならないのです。

確かに言葉の通じない国へ行くのは不安です。しかし、その国へ行けば、身ぶり手ぶりでなんとかなるものです。ソビエトや東ドイツ、東ベルリンで、私は取材の世話をしてくれた政府連絡員(リエゾンオフィサー)達から何度も警告を受けました。

「スズキサーン。アナタノシゴトネッシンハ、ワカルガ、ワレワレハ、アナタノコウドウニムカンシンデハアリマセンヨ」

つまり国外追放にするぞということですが、最後に国境で別れる時、どこの国でも彼らは私に抱きついて、「いろいろな国の人と仕事をしたが、スズキサン、あなたとほど楽しく仕事をしたことはない」と言ってくれました。

まして、いまやスマホが世界中の人の手に持たれようとしています。あなたが日本語を話せば、必要な外国語がお互いの画面に出て来るようなスマホがもうすぐ完成すると思うのです。すでに一部では出来ているとも聞いています。

イギリス人とアメリカ人では同じ英語なのに発音が違いますし、長い間イギリスの統治下にあったのに、インド英語の発音にはびっくりします。それでもインドの人は自分達の英語が正統の英語で、アメリカ人のあの鼻にかかった発音は英語ではないと、馬鹿にしています。日本人にも日本人的発音の英語があってもいいはずです。生活それ自体も日本人らしさは年を追って影が薄くなっているのですから。

この原稿を書いている最中に、元号が平成から令和に変りましたが、放送も新聞もなぜか大ハシャギです。新聞は全ページにわたって、新旧の両陛下と皇室の家族構成の記事満載。テレビも真夜中まで、平成最後のと令和最初のという言葉の連発で、しかもこう言うのは自分が初めてと、したり顔しているのでした。

昭和の放送人であり昭和に雑文を書いていた私のような立場の人間からすると、あの人があの言葉を使ったら、自分は他の表現を使うぞと意地を張ったものですが、平成では新しい何かに出来るだけ早く乗っからないと、儲(もう)けが少なくなると考えたのでしょうか。

いつの時代も、太陽はゆっくり昇って輝く

平成31年の間、大地震や大津波をはじめ、天変地異が次々と起り、一衣帯水（いちいたいすい）の彼方の国は不気味な弾丸を日本海に向けて発射するなど、平成であっても平静を欠く日々が続きました。

昭和の敗戦以後の日本は、42・195キロのマラソンコースを、100メートル競走でのようなスピードで走り続けて来ました。

それをまた応援団が「頑張れーっ」と声を張り上げ、負けようものなら、私が昭和末期が生んだ最低の日本語と位置づけ、いまや若い人だけではなく、70代の白髪が美しい女性までもが平然と使って、老いも若きも無意識のうちに自分の人間としての品位を自分で落してしまうあの「ヤバイ」という単語を、独唱または合唱しているのが慢性化して、お互いに傷を舐めあって何も感じなくなってしまっているのです。「ヤバイ」が使われなくなったら、令和は美しい時代になります。

私は幻の恩師阿部次郎先生からの直伝の言葉「芸術作品でも人間でも、まず対象の美点や長所を見出すことに努力しなさい」を、自分では忠実に守って青春の時を過し、60代70

代には多くの「心の友」を得ましたが、22歳から60歳までの労働年代を、時を同じくして始まったテレビを中心としたマスコミの怒濤の渦の中に巻き込まれて暮らしてきました。時には美点や長所どころか、政治経済、教育、文化、社会の欠点を指摘せざるを得ない仕事にまで携わりました。マスコミの宿命です。

昭和・平成の時も、いま令和でも、太陽はゆっくりと昇って輝き、自然は桜から若葉若草へと変り、せせらぎは清く流れ、さざ波は砂浜を洗うのです。

50年以上も前の昭和に、薄い本になった私の著作の内容は、話し方を実験的科学的に分析した研究書でした。いまでもはっきり覚えているのは、普通の部屋で、2人が向きあって話をしている時、12メートル離れていても、いつもの声で話していて十分聞こえました。静かな会話でした。それがいま平成・令和の世は、目の前1メートルで大声で叫びあっているのです。

最終章　自分との別れ

戦前・戦中・戦後を生きて

昭和10年4月1日に私は小学校1年生になりました。小学校で「天皇陛下は神様です」と教わりました。天長節（てんちょうせつ）などの式の日に、校長先生が白い大きな紙に書いてある勅語を読み上げられる時には、頭を下げて聞きました。

昭和16年4月1日に中学生になり、12月8日には大東亜戦争が始まりました。ところが、5年制だったのが、4年制に短縮され、おまけに4年生の時には、学校へ行かずに、工場へ通わされました。軍需工場のはずなのに全く仕事が無く、私は一日中倉庫の片隅で、貸本屋さんから借りて来た本を読んでいましたが、その中に『明治大帝』という題名の本があり、読み進むうちに、中学では奉読が無かったので、久しぶりに教育勅語に出合い、その時におやっと思ったのが、「一旦緩急アレハ義勇公ニ奉シ」からの文章でした。月に一度か二度の登校日にこれを先生に質問したら、90年の人生の中で、ただ1回だけ体験させられたのですが、ベニヤ板の表紙の出席簿で、脳天を強打され、気を失って倒れそうになった事件があったことは前に書いた通りです。

私と同じような考え方の記事を、教育勅語の発布からほど無く、明治の末年に大逆罪で処刑された幸徳秋水という人が当時の新聞「萬朝報」に書いたことを知ったのは、前の章で書きましたように私が70歳を過ぎてからでしたが、もしかして私を殴った先生はこの事実を知っていて、中学生の私が当時で言えば、アカに染まってしまうのを防ぐために、大喝一声して強打したのかもしれません。私が百歩どころか千歩も万歩も譲っての推測ですが。私が知りたかったのは単なる字句の解釈だけだったのです。

それはさておき、旧制高校1年の8月15日に戦争は終りました。正午にラジオで放送された勅語では、元首と陸海軍統合の大元帥の地位の中から、大元帥として部下の全将兵に戦争をやめることを宣言されたのはわかりましたし、およそ半月後の全面降伏文書への調印で、武装解除されて、戦争が終ったことは確認出来ました。

しかし、もう一つの元首についてては、情報があまりにも不十分でしたので、理解不能でしたが、敗戦の4カ月半後に、いわゆる人間宣言と称される勅語が発表されました。天皇は神様ではなく、人間であるというご趣旨だと聞きました。そして間もなく天皇陛下は全国巡幸の旅を始められました。

しかし、各地で小旗を振って歓迎する日本人を見て、連合国軍総司令部（GHQ）は、日本人はまだ天皇を神だと信じていると考えたとも伝えられています。

思はざる　病となりぬ　沖縄を
たづねて果さむ　つとめありしを

昭和62年の沖縄国体の際に天皇陛下が詠まれたお歌です。私はこの時、陛下がどのようなお言葉を沖縄県民に述べられるか、その内容によって、その日を、大東亜戦争終結の日にしようと考えていたのです。しかしそれが中止になったのを聞いて、またその時から、まだ100万人もの日本人がシベリアで、沖縄で、南方のジャングルや海底で、母の待つ生れ故郷へ還れないでいるが、戦争を忘れないために、何かを探して、全員が還る日まで、戦争のあの苦しみを分ちあおう、その手段はと考えたのが、共通項としてあった年齢を日常生活では数え年で言ったり書いたりすることでした。

明治憲法の第3条に「天皇ハ神聖ニシテ侵スヘカラス」の一行があるために、天皇は政治はするがその結果については責任を持たないので、東京国際裁判の被告席にはつかないらしいという情報を、当時学生自治寮「北溟寮（ほくめいりょう）」の寮務委員長に推挙されていた私が、全寮生300名を一堂に集めて報告した時のえ――っという全員の驚きの声が、今でも耳の奥に残っています。

そして、新憲法となって「象徴」です。「天皇陛下は神様です」ならば、小学生でも両手を合わせて、その意味を感じ取ることは可能でしたが、「象徴」には言葉による説明が必要ですが、哲学的にも文学的にも、子ども達に話してわからせるのは、私にとって不可能でした。NHK在職中の36年と熊本での日常塾10年の間に、幸いにも説明を必要とする場面には出合いませんでした。

しかし、70歳で青森県立図書館の運営を委嘱され、「自分で考える子になろう」を旗印に、全市町村の小学校を巡歴して、押しかけ授業をしていた時には、万一子ども達あるいは傍聴見学している先生方から、象徴の意味を質問されたらどうしようと、いつもひやひやしながら授業をしていました。

そこを無事通過して、90代に入って間もなく、天皇陛下のご退位のお言葉があり、その中で陛下ご自身が象徴とはいかにあればよいのかに、常に心を痛められ、次の天皇もそれから後の天皇も、象徴とはの問いかけをご自分自身になさって行くだろうというお言葉に、私は象徴が説明不能のままほぼ70年間を生きて来た自分は、日本人として正直な生き方をしてきたのだなあと、これも形は何も無いが、わが人生の一つの収穫だったなと思いました。

「天皇ハ神聖ニシテ」の1行は、明治政府に招かれて来日したドイツの法学者ロェスラーが、憲法の立案者の一人であり、明治政府の言わばグランドデザイナーでもあった井上（いのうえ）毅（こわし）に、ヨーロッパの国でも「神聖ニシテ」を入れている国があるから、日本も入れておいた方が良いと助言したのに対して、井上は明治政府樹立以来、そのことは国民が十分にわきまえるように指導し、軍隊も天子サマという言葉で浸透しているので必要ではないとはねつけたのを、伊藤博文が仲に入ってとりなし、結果として挿入することになったとも伝えられています。

「死」はタブーではなかったか

人生の中には、明治、大正、昭和、平成の約150年をかけて解決に向う問題もあれば、何度もくどくどと書きますが、私と白い花影の人のように、瞬間に生まれ、瞬間に消えて行く「美」もあります。

相次ぐ天災で多くの方が命を奪われ、外国ではテロ、日本では誰でもよかった殺人をはじめ、これまでの日本の社会では想像も出来なかった殺人事件が日常化し、加えて人口の減少が身近な問題となってきたせいもあって、平成が終る10年前頃から、昭和で放送の仕事をしてきた私などが想像もしなかった問題が、テレビでも平然と、まるで日常茶飯事のことのように画面に登場してきました。

それは「死」です。いつ、どこで死ぬかという話です。

私はスポーツの実況放送以外のすべての分野の番組の制作に携わってきました。しかし、「死」を扱った番組には全く無縁でしたと言うよりも、「死」あるいは、「葬式」などは、昭和のテレビには「部落差別」と並んで、あえて加えれば、「天皇の戦争責任」と共に、タブーだったのです。

それがいま昼夜を問わず、すべてのテレビ局で、時には新聞も、自宅で死ぬか、病院でか、老人ホームでかなどが、声高に語られあるいは書かれるのです。

どこで、どのようにして死ぬかは、人生最後のめぐりあわせです。家から遠く離れた病院の場合もあれば、長期入院で、家に帰された夜などのこともあり、交通事故で道路でという場合もあります。

ただ昭和と令和の違いは、令和は、国家の命令によって戦場に追いやられ、名も知らぬ土地の草むらの蔭で、敵の弾丸に当って苦しさにもがきにもがいて、ひとりひっそりと死ぬという場には置かれないと思えるのが、敗戦の日までの昭和との違いです。

平成の時代に天皇皇后両陛下は、遠くサイパンやパラオの激戦地までおいでになり、深く頭（こうべ）をお下げになりました。しかし、私は平成の天皇には戦争責任は全く無いと信じています。私は陛下がかの地で、お手ずからスコップを持たれて地面を掘り、一片の小さな骨片をお持ち帰りになって、戦争遺族代表に、お手ずからお渡し下さったら、その瞬間を大東亜戦争終結の日とし、言い続けて来た「敗戦」を「終戦」に改め、数え年も使わないようにしようと思っていました。

人生を採点してみる

どこで、誰にみとられようと、死の瞬間は、丁度生れた瞬間を知らないように、自分ではわからないのだろうと思います。そうだとすれば、人生の最後に別れるのは、自分自身となのでしょうか。「さよなら」「ありがとう」は自分で自分に言うのです。そして私ならば、江戸っ子気質（かたぎ）の職人らしく、

「じゃこれで。ごめんなすって」

と、丁寧に低く頭を下げてから、その場つまりこの世から、何事もなかったように、すたすたと去って行きたいのです。

もしもそうする前に、この人生を自己採点してから行けと言われれば、たぶんこうなります。

仮に私の全人生を１００点満点で合格とします。

３時間で10万人が死んだ空襲と、３００万人が戦場で命を絶たれ、いまなお１００万人が地下や海中で望郷の想いを持ち続ける戦争を直接体験させられた事実で、マイナス15点。

重度の糖尿病に30代から90代の今日まで悩まされ続け、50歳で左腎臓を摘出され、70代

での敗血症及び右頸部巨大（直径7㎝）動脈瘤ステント挿入手術、15歳の戦争最中での腹膜炎手術、7歳の急性中耳炎手術その他、痛風、尿路結石など、20歳以後の病気はすべて自分に責任があるということわざを実践した不健康で、マイナス10点。

職業の選択を偶然の出会い頭に委ね、放送開始以来の下手なアナウンサーの批判にもかかわらず、36年もそのまま居座って働いた罪がマイナス15点で、これでマイナスの合計が40点。

プラスは10代青春の中学での水泳練習と旧制弘前高校学生自治寮での寮務委員長としての活動、並びに敗戦後の新しい時代の寮規の第一条に、「寮の根本精神は『愛』である」の文章を掲げるという、これまでの全人生の中で、最高に価値のある「自分の仕事」を成し得たこと。これが20点。

さらに60歳から70歳までの10年間、熊本県立劇場での過疎で衰退した地域伝承芸能の完全復元上演を通しての村おこし町おこしの事業、及び多数の障害者を含む愛と感動の大合唱「こころコンサート」を、熊本での3回をはじめ、最高1万2千人参加で、全国で4回と、計7回も上演して、福祉と文化を統合出来たことを自画自讃して20点。

さらに青森県立図書館に70歳で転じてからの「自分で考える子になろう」を旗印に、約

２００の小学校で押しかけ授業をして、「いま、読書が日本人を救う」の確信を胸深くに抱いたことと、前記の青森・熊本両県の「心友」を合わせて20点。これで、プラスの合計が60点。

つまり差し引き20点がわが人生の総得点で、落第すれすれではありますが、なんとか合格点をエンマ様から戴けそうな世渡りでありました。

時代の大きな曲り角

天皇陛下のご退位・ご即位を記念して、10日間もの長い休日が続きました。

一年中が休日の私には特に関係はありませんでしたが、30年以上も前の放送局での仕事では、他人が休みの時は特別番組の制作で忙しく、他人が忙しい時は、一緒になって忙しいという暮らし方を余儀なくされていました。

それが習慣となっているのか、この10日間でこの原稿がさっさと進み、脱稿は秋頃になると思われていたのが、令和元年5月6日の大安の日に出来上ってしまいました。長い休みの終りの日でした。

ところで、日本の歴史を調べたり習ったりする上で、最も障害になるのは元号で、２０

0以上もあるにもかかわらず、逆に非常に厄介なのであるから、これからの子孫のためにも、202年ぶりのご退位を機に、廃止する気運が研究者や歴史愛好家もしくはマスコミから出るのではないかと書きましたが、全く出ず、思いもしなかった商業主義による慶祝ムードが、皇居前広場やあのどういう意味があるのか全くわからない東京・渋谷の交差点に出現しました。

ところが、その一方で、人工知能によるロボットの活躍が数多く報じられ、ロボットに職を奪われるのではないかという不安の記事さえ出るようになりました。

そこでふと思ったのは、ロボット全盛の時代がもしやって来たら、人間の歴史は全く不要になってしまうのではないかという考えでした。そして、その出発点が令和になるのかもしれないという私一人の心配でした。

もしかしたら、昭和と平成を生きた私のような90歳代の日本人が、令和とこれ以後を生きる日本人の歴史の大きな曲り角的な記念碑になりはしないかとの心配が、もうすぐ「死」という人間のやるべき最後の仕事によって、考える機能を失う日が来ることがわかっている私の脳の片隅に起ったことを、思い残しの記の文末に書きとめておくことにします。令和を冷和にしないで下さいね。

ご精読を感謝します。ありがとうございました。

令和元年五月六日（〇〇一5/6）振替休日、午後四時

鈴木　健二

著者略歴

1929年（昭和4年）に東京に生まれる。1952年にNHK入局、翌1953年からテレビ放送が始まると、「クイズ面白ゼミナール」などあらゆる分野の数々の番組で新境地を開拓、博覧強記の国民的アナウンサーと呼ばれて親しまれる。

1988年（昭和63年）定年退職後は一転して社会事業に専心。熊本県立劇場を拠点に、私財を投じて文化振興基金を設立。これを原資に、過疎で衰退した地域伝承芸能の完全復元を通して数々の村を興し、多数の障害者と県民の愛と感動の大合唱「こころコンサート」を全国で7回制作上演して文化と福祉を結ぶ。

70歳で青森県立図書館長に転じ、「自分で考える子になろう」を旗印に約200の小学校で押しかけ授業をし、読書の普及を図る。75歳で退職。この間テレビ大賞、日本雑学大賞、ゆうもあ大賞、文化庁長官表彰他多数を受賞。

著書は400万部突破の『気くばりのすすめ（正・続）』（講談社）、『最終版 気くばりのすすめ』（さくら舎）など200冊を超える。

何のため、人は生きるか
――人生の礎を求めて90年

二〇二〇年 九 月一〇日 第一刷発行
二〇二〇年一一月一六日 第三刷発行

著者 鈴木健二
発行者 古屋信吾
発行所 株式会社さくら舎 http://www.sakurasha.com
東京都千代田区富士見一-二-一一 〒一〇二-〇〇七一
電話 営業 〇三-五二一一-六五三三 FAX 〇三-五二一一-六四八一
編集 〇三-五二一一-六四八〇
振替 〇〇一九〇-八-四〇二〇六〇
装丁 石間 淳
イラスト 生頼範義
印刷・製本 中央精版印刷株式会社

ISBN978-4-86581-264-0